1809. JANVIER.

Signe, le Verseau ♒

Les jours croissent de 31 minutes le matin,
et 32 le soir.

1	*dima.*	CIRCONCISION	
2	lundi	s. Basile	
3	mardi	*ste Genevieve*	
4	merc	s. Rigobert	Pleine Lu.
5	jeudi	s. Siméon	le 1, à 10 h.
6	vend	EPIPHANIE	3 minu. du
7	same	s. Théau	soir.
8	1 *dim*	s. Lucien	
9	lundi	s. Pierre	Dern. Qu.
10	mardi	s. Paul, Her.	le 9, à 8 h.
11	merc	ste Hortence	1 minu. du
12	jeudi	s. Arcade	matin.
13	vend	Bapt. de N. S.	
14	same	s. Hilaire	
15	2 *dim*	s. Maur ; abbé	
16	lundi	s. Guillaume	Nouv. Lu.
17	mardi	s. Antoine	le 16, à 1 h.
18	merc	Chaire s. Paul	19 minu. du
19	jeudi	s. Sulpice	matin.
20	vend	s. Sébastien	
21	same	ste Agnès	
22	3 *dim*	s. Vincent	Prem. Qu.
23	lundi	s. Ildefonse	le 23, à 1 h.
24	mardi	s. Babylas	33 min. du
25	merc	Conv. de s. P.	soir.
26	jeudi	ste Paule	
27	vendr	s. Julien	
28	samed	s. Charlemag.	Pleine Lu.
29	*diman*	*Septuagésime*	le 31, à 2 h.
30	lundi	s. Franç. de S.	17 min. du
31	mardi	s. Pierre Nol.	soir.

FÉVRIER.

Signe, les Poissons ♓.

Les jours croissent de 46 minutes le matin et 47 le soir.

1	merc	s. Ignace	
2	jeudi	PURIFICATION	
3	vendr	s. Blaise	
4	samed	s. Philéas	
5	diman.	Sexagésime	
6	lundi	s. Vast, évêq.	
7	mardi	s. Romualde	Dern. Qu.
8	mercr	s. Jean de M.	le 7, à 4 h.
9	jeudi	ste Appoline	23 min. du
10	vend	ste Scolastique	soir.
11	samed	s. Severin	
12	diman	Quinquagési.	
13	lundi	s. Valentin	
14	mardi	s. Faustin	
15	merc	Cendres	Nouv. Lu.
16	jeudi	s. Sylvain	le 14, à 2 h.
17	vend	Les 5 Plaies	8 minu. du
18	samed	s. Moyse	soir.
19	1 dim.	Quadragésime	
20	lundi	Chair de s. P.	
21	mardi	s. Damien	Prem. Qu.
22	merc	Quatre-temps	le 21, à 11 h.
23	jeudi	s. Flavien	12 min. du
24	vendr	s. Mathias	matin.
25	samed	s. Alexandre	
26	2 dim	Reminiscere.	
27	lundi	ste Honorine	
28	mardi	s. Romain	

MARS.

Signe , le Bélier ♈.

Les jours croissent de 54 minutes le matin
et 54 le soir.

1	merc	s. Aubin , év.	
2	jeudi	s. Basile	Pleine Lu.
3	vend	ste Cunégond	le 2, à 4 h.
4	samed	s. Adrien	5 minu. du
5	3 dim.	*Oculi*	matin.
6	lundi	s. Godegrand	
7	mardi	ste Perpétue	
8	merc	s. Jean de D.	Dern. Qu.
9	jeudi	ste Françoise	le 8 , à 11 h.
10	vend	s. Doctrovée	17 min. du
11	samed	Les 40 Martyrs	soir.
12	4 dim.	*Lætare*	
13	lundi	s. Euphrasie	
14	mardi	s. Lubin	
15	merc	s. Lougin	Nouv. Lu.
16	jeudi	s. Abraham	le 15 , à 4 h.
17	vend	ste Gertrude	29 min. du
18	samed	s. Alexandre	matin.
19	5 dim.	*Passion*	
20	lundi	s. Joachim	
21	mardi	s. Benoît	
22	mercr	s. Pol , évêque	
23	jeudi	s. Victorien	Prem. Qu.
24	vend	Compassion	le 23 , à 7 h.
25	samed	ANNONCIAT.	4 minu. du
26	6 dim.	*Les Rameaux*	matin.
27	lundi	s. Rupert	
28	mardi	s. Irénée	Pleine Lu.
29	merc	s. Eustase	le 31 , à 5 h.
30	jeudi	s. Rieule	1 minu. du
31	vend	*VendrediSaint*	soir.

AVRIL.

Signe, le Taureau ♉.

Les jours croissent de 49 minutes le matin
et 49 le soir.

1	same	s. Hugues, év.	
2	*diman*	PASQUES	
3	lundi	s. Franç. de P.	
4	mardi	s. Ambroise	
5	merc	s. Vincent F.	
6	jeudi	s. Prudence	
7	vend	s. Hégésipe	Dern. Qu.
8	same	ste Perpétue	le 7, à 7 h.
9	1 *dim.*	*Quasimodo*	18 min. du
10	lundi	s Macaire	matin.
11	mardi	s. Léon	
12	merc	s. Jules, pape	
13	jeudi	ste Herménég.	
14	vend	s. Tiburce	Nouv. Lu.
15	same	s. Paterne	le 14, à 8 h.
16	2 *dim.*	s. Fructueux	7 minu. du
17	lundi	s. Anicet	soir.
18	mardi	s. Parfait	
19	merc	s. Elphege	
20	jeudi	s. Hildegonde	
21	vend	s. Anselme	
22	same	ste Opportune	Prem. Qu.
23	3 *dim*	s. Georges	le 23, à 0 h.
24	lundi	s. Marcellin	37 min. du
25	mardi	s. Marc, *absti.*	matin.
26	mercr	s. Clet, pape	
27	jeudi	s. Polycarpe	Pleine Lu.
28	vend	s. Vital	le 30, à 0 h.
29	same	s. Robert	50 min. du
30	4 *dim*	s. Eutrope	matin.

M A I.

Signe, les Gémeaux ♊.

Les jours croissent de 40 minutes le matin et 39 le soir.

1	lundi	s. Jacq. s. Ph.	
2	mardi	ste Athanase	
3	merc	Inv. ste Croix	
4	jeudi	ste Monique	
5	vend	Conv. s. Aug.	
6	same	s. Jean P. Lat.	Dern. Qu.
7	5 *dim*	s. Stanislas	le 6, à 3 h.
8	lundi	*Les Rogations*	36 min. du
9	mardi	s. Grégoire N.	soir.
10	merc	s. Desiré	
11	jeudi	ASCENSION	
12	vend	s. Nérée	
13	same	s. Servais	
14	6 *dim*	s. Boniface	Nouv. Lu.
15	lundi	s. Isidore	le 14, à 0 h.
16	mardi	s. Honoré	15 min. du
17	merc	s. Paschal	soir.
18	jeudi	s. Félix	
19	vend	s. Célestin	
20	same	*Vigile-Jeûne*.	
21	*diman*	PENTECOT	
22	lundi	ste Julie	Prem. Qu.
23	mardi	s. Didier	le 22, à 2 h.
24	merc	*Quatre-Tems*.	4 minu. du
25	jeudi	s. Urbain	soir.
26	vend	s. Phil. de N.	
27	same	s. Jean, pape	
28	1 *dim*.	*La Trinité*	Pl. Lune
29	lundi	s. Maximin	le 29, à 8 h.
30	mardi	s. Hubert	29 min. du
31	merc	ste Pétronille	matin.

JUIN.

Signe, l'Ecrevisse ♋.

Les jours croissent jusqu'au 17, de 16 min.
matin et soir.

1 jeudi	FÊTE-DIEU	
2 vend	s. Pothin	
3 same	ste Clotilde	
4 2 *dim.*	s. Optat	Dern. Qu.
5 lundi	s. Claude	le 5, à 1 h.
6 mardi	s. Norbert	39 min. du
7 merc	s. Paul de C.	matin.
8 jeudi	*Oct. Fête-D.*	
9 vend	s. Prime	
10 same	s. Landry	
11 3 *dim*	s. Barnabé	
12 lundi	s. Basilide	
13 mardi	s. Ant. de P.	Nouv. Lu.
14 merc	s. Ruffin	le 13, à 3 h.
15 jeudi	s. Guy, mart.	51 min. du
16 vend	s. Fargeau	matin.
17 same	s. Avit, abbé	
18 4 *dim.*	ste Marine	
19 lundi	s. Gervais	
20 mardi	s. Sylvere	
21 merc	s. Leufroi	Prem. Qu.
22 jeudi	s. Paulin	le 21, à 0 h.
23 vend	*Vigile-jeûne*	7 minu. du
24 same	NATIV. s. J. B	matin.
25 5 *dim*	s. Prospére	
26 lundi	s. Babolein	
27 mardi	s. Ladislas	Pleine Lu.
28 merc	*Vigile-Jeûne*	le 27, à 3 h.
29 jeudi	s. PI. s. PAUL	15 min. du
30 vend	Com. s. Paul	soir.

JUILLET.

Signe, le Lion ♌.

Les jours diminuent de 28 minutes le matin
et 28 le soir.

1	same	s. Martial	
2	6 *dim*	Visit. de N. D.	
3	lundi	s. Anatole	
4	mardi	Trans. s. Mar.	Dern. Qu.
5	merc	ste Zoé, mart.	le 4, à 2 h.
6	jeudi	s. Tranquille	10 min. du
7	vend	ste Aubierge	soir.
8	same	ste Elisabeth	
9	7 *dim*	ste Victoire	
10	lundi	ste Félicité	
11	mardi	Tr. s. Benoît	
12	merc	s. Gualbert	Nouv. Lu.
13	jeudi	s. Turiaf	le 12, à 6 h.
14	vend	s. Isaac	22 min. du
15	same	s. Henry	soir.
16	8 *dim*	s. Eustate	
17	lundi	s. Spérat	
18	mardi	s. Clair	
19	mecr	s. Vincent	
20	jeudi	ste Marguerite	Prem. Qu.
21	vend	s Victor	le 20, à 7 h.
22	same	ste Madeleine	32 min. du
23	9 *dim*	s. Appolinaire	matin.
24	lundi	ste Christine	
25	mardi	s. Jacques mi.	
26	merc	s. Christophe	Pleine Lu.
27	jeudi	s. Georges	le 26, à 10 h.
28	vend	ste Anne	23 min. du
29	same	s. Loup , évê.	soir.
30	10 *dim*	s. Abdon	
31	lundi	s. Germain	

AOUT.

Signe, la Vierge ♍.

Les jours diminuent de 48 minutes le matin et 48 le soir.

1	mardi	s. Pierre ès-li.	
2	merc	s. Etienne	
3	jeudi	Inv. s. Etienn.	Dern. Qu.
4	vend	s. Dominique	le 3 , à 5 h.
5	same	s. Yon , mart.	30 min. du
6	11 *dim*	Susc. ste. Cr.	matin.
7	lundi	s. Gaëtan	
8	mardi	s. Justin , m.	
9	merc	s. Romain	
10	jeudi	s. Laurent	
11	vend	Susc. ste Cou.	Nouv. Lu.
12	same	ste Claire	le 11 , à 7 h.
13	12 *dim*	s. Hypolite	42 min. du
14	lundi	*Vigile--Jeûne*	matin.
15	mardi	ASS. s. NAPO.	
16	merc	s. Roch	
17	jeudi	s. Mammès	
18	vend	ste Hélène	Pr. Quar.
19	same	s. Louis, évê.	le 18, à 1 h.
20	13 *dim*	s. Bernard	38 min. du
21	lundi	s. Privat	soir.
22	mardi	s. Symphorien	
23	merc	s. Sidoine	
24	jeudi	s. Barthélemi	
25	vend	*s. Louis*	Pleine Lu.
26	same	s. Zéphirin	le 25, à 7 h.
27	14 *dim*	s. Césaire	27 min. du
28	lundi	s. Augustin	matin.
29	mardi	Déc. s. Jean	
30	merc	s. Fiacre	
31	jeudi	s. Ovide	

SEPTEMBRE.

Signe, la Balance ♎.

Les jours diminuent de 51 minutes le matin, et 51 le soir.

1 vend	s. Leu, s. Gille	
2 same	s. Lazare	Dern. Q.
3 15 *dim*	s. Grégoire	le 1, à 11 h.
4 lundi	ste Rosalie	13 min. du
5 mardi	s. Bertin	soir.
6 merc	s. Onésiphe	
7 jeudi	s. Cloud	
8 vend	Nat. de N. D.	
9 same	s. Omer	Nouv. L.
10 16 *dim*	s. Nicolas	le 9, à 8 h.
11 lundi	s. Patient	8 minu. du
12 mardi	s. Serdot, év.	soir.
13 merc	s. Maurille	
14 jeudi	Exal. ste Croix	
15 vend	s. Nicomède	
16 same	s. Cyprien	Pr. Quar.
17 17 *dim*	s. Lambert	le 16, à 7 h.
18 lundi	s. Jean Chris.	o minu. du
19 mardi	s. Janvier	soir.
20 merc	*Quatre Tems*	
21 jeudi	s. Matthieu	
22 vend	s. Maurice	
23 same	ste Thècle	Pl. Lune
24 18 *dim*	s. Andoche	le 23, à 6 h.
25 lundi	s. Firmin	46 min. du
26 mardi	ste Justine	soir.
27 merc	s. Côme et D.	
28 jeudi	s. Céran	
29 vendr	s. Michel	
30 samed	s. Jérôme	

OCTOBRE.

Signe, le Scorpion ♏.

Les jours diminuent de 52 minutes le matin
et 52 le soir.

1	19 *dim*	s. Remy	
2	lundi	ss. Anges G.	Dern. Q.
3	mardi	s. Denis l'Ar.	le 1, à 6 h.
4	merc	s. François	20 min. du
5	jeudi	ste Aure	soir.
6	vend	s. Bruno	
7	same	s. Serge	
8	20 *dim*	ste Pélagie	
9	lundi	*s. Denis*	Nouv. L.
10	mardi	s. Géréon	le 9, à 7 h.
11	mercr	s. Nicaise	51 min. du
12	jeudi	s. Wilfrid	matin.
13	vend	s. Gérand	
14	samed	s. Caliste	
15	21 *dim*	ste Thérèse	
16	lundi	s. Gal, abbé	Prem. Qu.
17	mardi	s. Cerboney	le 16, à 1 h.
18	merc	s. Luc, évang.	22 min. du
19	jeudi	ste Uranie	matin.
20	vend	s. Sendou	
21	samed	ste Ursule	
22	22 *dim*	s. Mellon	
23	lundi	s. Hilarion	Pleine Lu.
24	mardi	s. Magloire	le 23, à 9 h.
25	merc	s. Crépin Cr.	34 min. du
26	jeudi	s. Rustique	matin.
27	vendr	s. Frumence	
28	same	s. Simon s. Ju.	Dern. Qu.
29	23 *dim*	s. Faron	le 31, à 1 h.
30	lundi	s. Lucain	31 min. du
31	mardi	*Vigile-Jeûne*	soir.

NOVEMBRE.

Signe, le Sagittaire ♐.

Les jours diminuent de 41 minutes le matin
et 40 le soir.

1	merc	TOUSSAINT	
2	jeudi	*les Morts*	
3	vend	s. Marcel	
4	same	s. Charles	
5	24 *dim*	ste Bertille	
6	lundi	s. Léonard	
7	mardi	s. Achille	Nouv. Lu.
8	merc	stes Reliques	le 7, à 6 h.
9	jeudi	s. Mathurin	57 min. du
10	vend	s. Léon	soir.
11	same	s. Martin, év.	
12	25 *dim*	s. René	
13	lundi	s. Gendulfe	
14	mardi	s. Maclou	Prem. Qu.
15	merc	s. Eugène	le 14, à 9 h.
16	jeudi	s. Eucher	50 min. du
17	vend	s. Agnan	matin.
18	same	ste Aude	
19	26 *dim*	ste Elisabeth	
20	lundi	s. Edmond	
21	mardi	Prés. de N. D.	
22	merc	ste Cécile	Pl. Lune
23	jeudi	s. Clément	le 22, à 3 h.
24	vend	s. Severin	6 minu. du
25	same	ste Catherine	matin.
26	27 *dim*	ste Geneviève	
27	lundi	s. Vital	Dern. Qu.
28	mardi	s. Sosthènes	le 30, à 7 h.
29	mercr	s. Saturnin	28 min. du
30	jeudi	s. André	matin.

DÉCEMBRE.

Signe, le Capricorne ♑.

Les jours diminuent de 20 min. jusqu'au 23,
et croissent de 4 min. jusqu'au 31.

1	vendr	s. Eloi, évêq.	
2	same	s. François X.	
3	1 *dim*	*L'Avent*	
4	lundi	ste Barbe	
5	mardi	s. Sabas	
6	mercr	s. Nicolas	
7	jeudi	ste Fare	Nouv. Lu.
8	vend	CONCEPTION	le 7, à 5 h.
9	same	ste Gorgonie	30 min. du
10	2 *dim*	s. Valère	matin.
11	lundi	s. Fuscien	
12	mardi	ste Constance	
13	mercr	ste Luce	
14	jeudi	s. Nicaise	
15	vend	s. Mesmin	Prem. Qu.
16	same	ste Adélaïde	le 13, à 9 h.
17	3 *dim*	ste Olympiade	27 min. du
18	lundi	s. Gatien	soir.
19	mardi	s. Meuris	
20	mercr	*Quatre-temps*	
21	jeudi	s. Thomas	Pleine Lu.
22	vendr	s. Ischyrion	le 21, à 10 h.
23	samed	ste Victoire	9 minu. du
24	4 *dim*	s. Yves	soir.
25	lundi	NOEL	
26	mardi	*s. Etienne*	
27	merc	*s. Jean Evan.*	
28	jeudi	ss. Innocens.	Dern. Qu.
29	vend	s. Thomas	le 29, à 10 h.
30	same	ste Colombe	57 min. du
31	*diman.*	s. Sylvestre	soir.

LA
MUSE BRETONNE.

AVIS DE L'ÉDITEUR.

LE retard que l'on a apporté à nous remettre les morceaux qui composent ce premier Recueil, et la précipitation que l'imprimeur a été forcé de mettre dans son travail, sont causes de quelques erreurs que l'on trouvera dans cet ouvrage. Nous promettons plus de soin et d'exactitude à l'avenir.

Nous invitons, en conséquence, les personnes qui désireroient faire insérer quelques pièces dans la deuxième année de la Muse Bretonne, de vouloir bien les adresser, franc de port, avant le premier octobre prochain, à M^r. F.-M. BINARD, Imprimeur-Libraire à Brest.

LA MUSE BRETONNE;

ÉTRENNES POUR L'AN 1809,

DÉDIÉES AUX DAMES.

PREMIÈRE ANNÉE.

« Ce sont d'assez bons vers pour des vers
de Province. »

Se trouve à BREST,

Chez F.-M. BINARD, Imprimeur et Éditeur, et
chez tous les Libraires de la ci-devant Province
de Bretagne.

A PARIS,

Chez ÉGASSE, fils aîné, Libraire, Commissionnaire,
rue St.-Jacques, n°. 21, et chez les Marchands
de Nouveautés.

NOTICE

SUR

QUELQUES DAMES BRETONNES.

~~~~~~~~~~~~~

Portrait de la Reine Anne.

Anne eût pour père François II, Duc de Bretagne, un des plus généreux et magnanimes princes de l'Europe; et pour mère, Marguerite de Foix, qui mourut avec la réputation d'être une des plus belles et des plus vertueuses princesses de l'univers. Elle naquit à Nantes, le 26 janvier 1476 (il y aura bientôt 333 ans), et, suivant l'usage des maisons souveraines, qui concluent les alliances des princes et princesses dès le berceau, la jeune Anne n'ayant encore que cinq ans, fut promise à Edouard, Prince

I

de Galles, fils aîné d'Edouard **IV**, Roi d'Angleterre ; mais la mort violente de ce jeune prince, arrivée deux ans après, rompit ce mariage.

François II, père d'Anne, se voyant sans enfans mâles, tourna toute sa tendresse du côté de sa fille aînée. Il en confia l'éducation à Françoise de Dinant, dame de Laval, qui l'éleva comme une princesse destinée à partager un jour un des premiers trônes du monde.

Son mérite la fit rechercher, à treize ans, par tout ce que l'Europe avoit de princes dignes d'elle :

ALAIN, Sire d'Albret ;

LOUIS XII, Roi de France, alors Duc d'Orléans ;

MAXIMILIEN D'AUTRICHE, Roi des Romains, depuis Empereur,

Et CHARLES VIII, Roi de France, prédécesseur de Louis XII.

L'embarras où se trouvèrent les Etats de

Bretagne, par la mort de Francois II, père d'Anne, les déterminèrent à préférer Maximilien. En 1490, le mariage fut célébré par procureur. Il fut rompu la même année, par la crainte qu'eurent les Bretons des armes de la France; et leur princesse fut enfin mariée, le 16 décembre 1491, à Charles VIII, qui renvoya Marguerite d'Autriche qu'il avoit déjà fiancée. Marguerite étoit fille de Maximilien, qui, dans cette occasion, reçut un double affront.

Charles VIII étant allé en Italie pour la conquête du royaume de Naples, laissa entre les mains de son épouse l'administration des affaires. Anne, quoiqu'à peine âgée de 18 ans, gouverna avec une sagesse admirable.

Charles mourut en 1498. Louis XII, son successeur, épousa, l'année suivante, la reine Anne, et fit casser son mariage avec Jeanne de France, fille de Louis XI. Ce n'étoit pas sans douleur que Louis XII, alors Duc d'Orléans, avoit vû Anne passer dans les bras d'un autre; mais il conserva toujours pour elle beaucoup de respect et d'amour; et dès qu'il se vit sur le trône, son premier soin fut de le partager avec elle.

Anne avoit un cabinet et une galerie remplis de diamans, de perles, de rubis et toutes sortes de pierres précieuses, dont elle faisoit des présens aux femmes des généraux français et bretons qui avoient acquis de la gloire dans les combats et bien servi l'Etat. Louis XII donnoit peu ; il craignoit de fouler son peuple, dout il étoit le père : Anne se chargeoit de distribuer les grâces et les récompenses, et les prix du courage et du mérite étoient donnés par les mains de la beauté.

Elle est la première qui fit élever à la cour des filles de qualité que l'on a appelées depuis *Filles de la reine*. Persuadée de cette maxime, que l'oisiveté est la mère de tous les vices, elle faisoit travailler ces de-

moiselles à différens ouvrages de broderie
et de tapisserie , dont elle enrichissoit en-
suite les églises.

Toujours attachée à ses sujets naturels ,
elle avoit sa garde de bretons , qui manœu-
vroit ordinairement sur une terrasse du château de Blois , qu'on appelle le Porche-aux-
Bretons , où elle prenoit plaisir à les voir.

A l'imitation des princes qui ont institué
des ordres de Chevalerie , elle institua l'ordre de la Cordelière, en l'honneur des cor-
des dont notre Seigneur fut lié dans sa
passion , et le donna aux principales dames
de sa cour , « les admonestant , dit un histo-
rien du temps , de vivre humbles et chastes. »

Elle fut la première de nos reines qui porta
le deuil en noir à la mort de Charles VIII.
Les autres reines avant elle , avoient toujours porté le deuil en blanc : aussi Louis
XII , quand elle mourût , porta-t-il le
deuil noir contre la coutume de nos rois.

Son exemple avoit rendu la sagesse et la

modestie si estimables à la cour, que les
femmes du plus haut rang n'osoient y paroître sans ces deux qualités. En y intro-
duisant ce grand nombre de dames dont
elle étoit accompagnée, bien loin d'y in-
troduire la galanterie et le désordre, elle
planta l'honneur et la pudicité au cœur des
dames françaises, dit Pierre de St.-Julien.

Les reines lui doivent plusieurs des pré-
rogatives dont elles jouissent, telles que
celles d'avoir leurs gardes, les cent gentil-
hommes, de donner audience aux ambas-
sadeurs, et quelques autres droits qu'elle
prit, comme Duchesse de Bretagne, et
dont les reines, qui ont été après elle, ont
joui à son exemple.

Son estime pour François de Paule, le
lui fit choisir pour nommer au baptême son
fils aîné, le Dauphin, qui fut appelé Charles Roland.

Cette Princesse mourut au Château de
Blois, le 9 janvier 1514, âgée de 38 ans;

elle fut portée avec pompe à Saint-Denis.
Le roi François Ier. lui fit construire un
magnifique tombeau de marbre, sous le-
quel elle repose auprès de Louis XII.

L'auteur des anecdotes de nos Reines,
fait d'Anne de Bretagne, le portrait
suivant.

« C'étoit une blancheur de teint admi-
» rable, animé par les plus belles couleurs;
» un front grand, élevé, où la modestie
» tempéroit la majesté; le tour du visage
» un peu long, le nez bien pris, la bouche
» dans une belle et rare proportion. Sa
» taille étoit moyenne et noble, et elle
» n'avoit d'autre défaut que d'être un peu
» boiteuse; mais à peine s'en apercevoit-on,
» tant elle mettoit de soin à le corriger par
» une attention d'habitude dans sa démar-
» che, ou par sa chaussure; elle avoit le
» pied le plus petit qu'on pût voir et la jam-
» be extraordinairement bien faite. Les qua-
» lités de son esprit répondoient parfaite-

» ment à celles du corps. Elle étoit natu-
» rellement éloquente, s'exprimoit avec
» beaucoup de dignité ; judicieuse, sensée,
» agréable malgré la grossièreté de son
» siècle, où les grâces étoient aussi incon-
» nues que les lumières du savoir. Pour
» son cœur, il étoit généreux, rempli de
» bonté, franc, et vraiment pénétré des
» devoirs d'une reine. »

« Un autre défaut de cette princesse
» étoit d'être tellement attachée à ses sen-
» timens, que rien ne pouvoit la vaincre,
» lorsqu'une fois elle avoit pris son parti. »

« Elle aimoit les savans, et se les attachoit
» par ses bienfaits. Jean Marot, père de
» Clément, prenoit la qualité de Poète de
» la Magnifique Reine, Anne de Bretagne.
» André de Lavigne, auteur de l'histoire
» de Charles VIII ; publiée par Théodore
» Godefroi, étoit à ses gages, et son secré-
» taire. Elle se piquoit elle-même de répon-
» dre à ceux qui la haranguoient. »

On en rapporte une preuve singulière.

Pour se faire estimer, elle mêloit, dans son discours aux étrangers, quelques phrases, quelques mots de leur langue, comme si elle l'eût entendue ; et pour s'en tirer avec distinction, elle se servoit de Grignaux, son chevalier d'honneur, qui savoit une partie des langues vivantes. La Reine lui ayant demandé quelques mots espagnols pour répondre à l'Ambassadeur d'Espagne, Grignaux lui en apprit quelques-uns d'une signification équivoque et triviale. Elle devoit s'en parer le lendemain ; mais Grignaux en avertit le roi, qui en rit avec lui, et en prvinté la Reine. Elle en fut dans une grande colère, et il fallut que le roi joignît ses sollicitations aux excuses de Grignaux, pour obtenir son pardon : cette aventure la guérit de l'envie de briller aux dépens de l'esprit des autres, et lui ôta pour toujours le ridicule d'en vouloir faire accroire.

Portrait de Madame la Maréchale de Guébriant.

L A Maréchale de Guébriant fut la première dame et la seule qui ait eû de son chef la qualité d'Ambassadrice; c'étoit une des plus habiles femmes de son siècle.

Ce qu'elle fit en Pologne, où elle conduisit, en 1645, la reine Marie-Louise de (Gonzague) Mantoue , en est une preuve authentique; car, à son arrivée à Varsovie, où elle croyoit n'avoir autre chose à faire qu'à remettre à Vladislas sa nouvelle épouse, elle trouva ce roi si prévenu de certains bruits qui couroient, qu'il vouloit à toute force renvoyer sa femme en France.... Bien en prit à la reine d'être accompagnée de la Maréchale, qui montra dans cette circonstance imprévue, une supériorité d'esprit , à laquelle Vladislas ne put résister long-temps; de sorte que, cédant à la force de la raison, de la bienséance et de la politique, il consomma son mariage avec la Princesse ; et, pour témoigner la haute estime qu'il portoit à la personne de l'Ambassadrice, il déclara qu'il vouloit qu'on lui fît les mêmes honneurs que ceux qui avoient été rendus à l'Archiduchesse d'Inspruck, Claude de Médicis, en 1637.

La Maréchale, née en Bretagne, mourut à Périgueux, le 2 septembre 1659.

Portrait de la Comtesse de Montfort.

JEANNE, Comtesse de Montfort, Duchesse de Bretagne, après la mort de Jean IV, son époux, songea à conserver ses états ; et s'étant mise à la tête de ses troupes, elle reprit plusieurs villes en Bretagne sur le comte de Blois. Elle se distingua singulièrement dans un assaut que ce prince donna à la ville d'Hennebon.

Jeanne, après avoir encouragé ses gens, sortit de la ville par l'endroit qui n'avoit point été assiégé, et alla, suivie seulement de soixante hommes, brûler le camp des ennemis. Ce coup hardi fit lever le siége, et Jeanne recouvra bientôt après son duché de Bretagne.

Portrait de la Comtesse de Murat.

HENRIETTE-JULIE, Comtesse de Murat, étoit fille du Marquis de Castelnau, gouverneur de Brest, où elle naquit. Sa mère étoit fille du Comte de Daugnon, Maréchal de France. Elle fut mariée au Comte de Murat. Née avec beaucoup d'esprit et de vivacité, mais avec trop de penchant pour le plaisir, elle donna quelquefois dans des égaremens que sa naissance ne servit qu'à rendre plus publics. Ses intrigues la firent exiler à Auch, par le roi, aussitôt le décès de son mari. Quoi qu'il en soit, on a de madame de Murat, plusieurs ouvrages ingénieux et des mémoires de sa vie, qu'elle a composés elle-même.

On a d'elle encore un petit roman écrit avec autant de chaleur que de goût, lequel a pour titre : *les Effets de la Jalousie*. C'est la funeste aventure de la comtesse de Chateaubriant, qui fut aimée de François Ier., et horriblement assassinée par son mari. Les Lutins du Château de Kernosi, autre roman fort récréatif, les Histoires sublimes et allégoriques, les nouveaux Contes des Fées, le Voyage de campagne, et le Comte de Dunois, ou Mademoiselle d'Alençon, sont également de madame la Comtesse de Murat.

Elle avoit seize ans lorsqu'elle quitta Brest pour se rendre à Paris; elle y fut présentée au Comte de Murat, qui la demandoit en mariage, dans le costume des villageoises bretonnes, dont elle parloit passablement la langue. La Reine, curieuse

2

de connoître cette mise, dont on lui avoit
beaucoup vanté l'originalité, voulut qu'elle
parût de même à la cour; ce qui joint à la
beauté et au mérite d'Henriette, lui valut
quelque célébrité parmi les poëtes du siècle.

Ces quatre portraits, tous d'une teinte
différente, et choisis dans la galerie des illustres Dames Bretonnes, ne sont placés dans
cet ouvrage, qu'afin de prouver que la
Bretagne fournit à l'histoire des peuples,
aux mœurs et aux arts, plus d'un sujet
heureux, et, c'est surtout parmi les femmes,
que nous nous plaisons à les désigner.

Notre orgueil national seroit flatté, s'il
nous étoit permis de consacrer ici les nombreux trophés à la gloire des Bretons ; mais
les bornes que nous nous sommes prescrites,
nous empêchent de satisfaire au desir que
nous avions nous-mêmes, de publier les
hauts faits d'armes des, Bertrand-Du-Gues-
clin, Clisson, Guébriant, Dugaitrouin,

Latour d'Auvergne , etc. Les écrits des
Abeilard , Hardouin , Duclos, Bougeant ,
Tournemine , petit Père André , Lesage ,
Descartes , Fréron , Saccadou , d'Argentré ,
Nevin , Duparc-Poulain , Frey-Neuville ,
Desforges , Maillard , Sauvageau , Mau-
pertuis , Labourdonnaie , Perchambault ,
Saint-Foix , Duchatelet , Cartier , Laroche,
Trublet, Gazon , Gerbier, etc. , etc. , tous
hommes d'un mérite rare et justement esti-
mé par nos savans.

On nous pardonnera donc, de réserver
pour une autre circonstance , l'éloge histo-
rique de plusieurs de nos ancêtres , et celui
de quelques - uns de nos contemporains.
(*Note de l'Editeur.*)

LA MUSE

BRETONNE.

LA MUSE BRETONNE,

DÉDICACE AUX DAMES.

AIR : *Au sein d'une fleur tour à tour.*

Toi qui pares tous les talens
Toi, qui fais naître la tendresse ;
Toi, pour qui brûle tout l'encens
Et de Cithère et du Permesse
Sexe aimable ! sur tes autels ,
Phébus a déposé sa lyre;
Ses accens ne sont immortels
Que lorsque c'est toi qui l'inspire.

En tout temps ce fut la beauté
Qui donna l'essor au génie ;
Sans elle eût-on si fort vanté
Le chantre aimable de Lesbie ?
Il puisoit ses tendres accords
Dans les regards de sa maîtresse ,
Comme l'abeille ses trésors
Parmi les fleurs qu'elle caresse.

Guidé par les jeux et les ris ,
Heureux, qui célèbre les belles !
Heureux qui sait dans ses écrits ,
Enchanter et plaire comme elles.
L'honneur , les nobles sentimens ,
De l'amour les célestes flammes ,
L'esprit , les grâces , les talens ,
Tout ce qui plaît nous vient des femmes.

PRÉFACE AUX DAMES.

AIR : *Bouton de rose.*

UNE Préface
Séduit le lecteur, plaît à l'œil,
Pour qu'il se présente avec grâce ,
Mettons à ce nouveau recueil ,
Une Préface.

Dans sa Préface,
Maint auteur se vante souvent.
L'a-t-ou lû ! dieu quelle disgrâce !
Le lecteur se dit, comme il ment,
Dans sa Préface.

Dès sa Préface,
Un autre, suppliant et doux,
Semble au public demander grâce,
Et se met presqu'à ses genoux,
Dès sa Préface.

Notre Préface,
Promêt des vers mauvais et bons,
Pour les bons nous vous rendons grâce,
Ils sont votre ouvrage.... ah! cessons
Notre Préface.

Par M. J. B. de Brest.

LE MONSTRE.

A MADEMOISELLE ✶✶✶,

QUE, DANS UN DÉPIT,
J'AVOIS TRAITÉE DE MONSTRE.

AIR : *Vous voulez charmante Aspasie.*

Tu n'es qu'un monstre je t'assure,
Et je vais te démontrer, moi,
Qu'on ne voit point dans la nature
Un être plus monstre que toi.
D'abord, pour les cœurs que tu blesses,
Tes yeux sont d'un vrai bazilic ;
Et jusqu'à tes moindres caresses,
Tout est d'un véritable aspic.

Ta voix est la voix des sirènes,
Peut-on l'entendre sans danger ?
Par son pouvoir tu nous enchaînes,
Et l'on est pris sans y songer.

Quand on voit errer sur ta bouche
Un sourire éloquent et doux ,
Qui croiroit que ton cœur farouche
Est bien plus dûr que les cailloux ?

Semblable au mobile Prothée ,
L'on te voit changer tous les jours ,
Et sous une forme empruntée
Te plaire à nous tromper toujours.
Tantôt c'est un agneau paisible
Que la main va pour caresser ,
Et bientôt un tigre terrible
Qu'on ne sauroit apprivoiser.

Tu parois un oiseau timide
Brillant des plus riches couleurs ,
Et tu n'es qu'un serpent perfide
Qui se cache parmi les fleurs.
Ton triomphe est de nous séduire
Par le charme de tes attraits ,
Et jamais l'on ne te voit rire
Que des malheureux que tu fais.

Cacher sous tous les traits d'un ange
La ruse et l'esprit d'un démon !

Est-il un monstre plus étrange ?
Pour moi je soutiendrai que non.
Oui , tu m'offres , ne t'en déplaise ,
Le plus grand monstre d'ici-bas;
Monstre que je voudrois à l'aise
Pouvoir étouffer..... dans mes bras.

ANONYME.

LA ROSE.

DANS l'île de Cypris , si j'avois un bosquet ,
  J'y cultiverois une Rose ;
Si dans les champs de Mars je portois le mousquet,
  Je me ferois nommer la Rose ;
S'il manquoit une sainte au ciel de Mahomet ,
  Je dirois , prenez sainte Rose ;
S'il falloit un refrain pour un joli couplet ,
  Je chanterois , cueillons la Rose.
Oui , tout est séduisant , tout intéresse et plaît ,
  Tout est charmant dans une Rose.
Pour orner la Bergère en un simple corset ,
  Que faut-il ? un bouton de Rose.
Si la pudeur s'unit par un si doux attrait ,
  C'est sous l'emblême de la Rose.

Des vers d'Anacréon que n'ai-je le secret!
    J'immortaliserois la Rose ;
Sur l'autel de l'Amour, ma main ne brûleroit
    Que des pastilles à la rose.
A Vénus, chaque jour, j'offrirois un bouquet,
    Et ce seroit toujours la Rose ;
Peut-être, enfin, devrai-je à ce culte discret,
    Quelque rêve couleur de Rose.

Par M. R. X. de Quimper.

AUX FEMMES.

AIR : *Femmes voulez-vous éprouver.*

Sexe aimable, sexe enchanteur,
A qui tous nous rendons les armes,
Qui naquit pour notre bonheur,
Et qui nous séduit par tes charmes :
Ma foible voix veut te chanter,
Ah ! viens enflammer mon délire :
Pour dignement te célébrer,
Échauffe et mon cœur et ma lyre.

A peine sommes-nous au jour,
Objet de tes tendres allarmes,

Et fruit d'un innocent amour,
Que ta main vient sécher nos larmes.
De tout ce qu'elle offre d'amer,
Tu sais affranchir notre vie ;
Combien tu dois nous être cher,
C'est par toi qu'elle est embellie.

Bientôt l'âge des passions
Vient nous découvrir tout notre être ;
D'amour, douces émotions,
De notre cœur te rendent maître.
Près de toi nous sommes tremblans,
Tu jouis de notre foiblesse,
Et nous ne sommes plus enfans
Quand tu cèdes à notre ivresse.

Turbulens, d'honneurs affamés,
Du jour nous encensons l'idole ;
Las ! si nos vœux sont rejetés,
Femme, c'est toi qui nous console.
Détestant d'un monde trompeur
Les illusions mensongères,
Notre refuge est dans ton cœur :
Plaisir suit de près nos misères.

Quand le temps conduit sur nos pas,
Vieillesse hargueuse et chagrine ;
Nous crions, nous jurons, hélas !
En vain contre elle on se mutine,
Tes soins appaisent nos douleurs,
Tu charmes notre ame attendrie :
Tu couronnes encor de fleurs
Les derniers jours de notre vie.

Par M. J. B. de Brest.

LE JARDIN
DE LA VIE HUMAINE.

A I R : *Femmes voulez-vous éprouver.*

La nature, dans ce jardin,
Ne prodigue pas ses richesses,
Car ce jardin, au genre humain,
De fleurs, n'offre que cinq espèces.
D'abord, des blûets sou cueillis
Par les mains de la tendre enfance,
Et plus bas, la candeur des lys
Appartient à l'adolescence.

3

La jeunesse au milieu des ris,
Cueille des roses passagères :
L'âge mûr cueille les soucis
Qui croissent parmi les affaires.
Le front couvert de cheveux blancs ;
On voit la vieillesse sensée,
Au bout du jardin, à pas lents,
Elle va cueillir la pensée.

Par M. LANGLE, *Artiste dramatique, à Brest.*

LES GATEAUX.

CHANSON A CROQUER.

AIR : *J'ai vû souvent dans mes voyages.*

MOT DONNÉ.

DANS ce monde l'on rompt sans cesse :
Maint auteur avec le bon sens,
Un amant avec sa maîtresse,
L'honnête homme avec les méchans.
Nos acteurs nous rompent la tête
De leurs mélodrames nouveaux,
J'y baille ; mais vive une fête
Ou l'on rompt gaîment les Gâteaux !

Symbole de joie et de gloire,
Les gâteaux étoient autrefois,
Si l'on croit l'usage et l'histoire,
Un mêt réservé pour les rois.
Maintenant ceux qui fout la guerre
A votre Alexandre nouveau,
Toujours vaincus, ne tardent guère
A voir entamer leur Gâteau.

Plusieurs amans chez Isabelle,
Souvent ensemble sont admis ;
Et tous ils courtisent la belle,
Sans cesser d'être bons amis.
Plus j'y songe et plus il me semble
Qu'un cas pareil n'est pas nouveau ;
C'est que tous ces messieurs ensemble
Partagent en paix le Gâteau.

Au vaste banquet de la vie,
L'aveugle fortune, en passant
Sous l'œil convoiteux de l'envie,
Vient servir un gâteau brillant.
Chaque convive s'évertue
Pour avoir le plus gros morceau,

Hélas ! l'on se bat , l'on se tue ,
Pour quelques miettes du Gâteau.

Tandis que la moindre parcelle
Fait couler du sang et des pleurs ,
Moi , de l'insconstante immortelle ,
Tout bas , j'implore les faveurs :
« Si tu veux Déesse chérie ,
» M'accorder un friand morceau ,
» Petit bien et femme jolie
» Seront ma part de ton Gâteau. »

Par M. A. D****** *, de Quimper.*

IMPROMPTU

FAIT EN RADE DE BREST.

PAR M. VERGIER, CONSEILLER DU ROI ET ANCIEN COMMISSAIRE DE LA MARINE.

AIR : *de l'Opéra de Proserpine.*

DANS nos vaisseaux ,
Que de beautés ensemble !
On diroit qu'Amour rassemble
Sa Cour sur les eaux.

Tel fut le jour
Qui vit sortir de l'onde
La mère de l'Amour :
Tel fut le jour
Qui vit paroître au monde
Vénus et sa cour.
Pour célébrer
Un jour si plein de gloire,
Il faut aimer et boire,
De vin et d'amour s'enivrer.
Pour ce dessein, nous avons tout ici ;
Le vin ne nous manque pas, dieu merci,
Et l'amour n'y manquera pas aussi :
Certains yeux que je vois,
En fournirons sans peine, je crois,
Plus qu'il n'en faut pour vous et pour moi.

ÉLOGE DU PLAISIR.

CHANSON ÉPICURIENNE.

AIR : *Je déteste la manie* (Fanchon).

ME convient-il d'être sage ,
Faut-il suivre la raison ,
Et son ennuyeux langage
Doit-il être de saison :
　　Quand Comus ,
　　Quand Momus ,
Viennent prendre place à table ?
Amis , je dois être aimable ,
Il ne me faut rien de plus.　　(*ter.*)

Laissons la sagesse austère ,
Fuyons-là dans ce moment ,
Je vous le dis sans mystère ,
Je raisonne , en enrageant :
　　Pour jouir ,
　　Du plaisir ,
Je cherche à suivre la trace ,
Et quand je le vois qui passe , -
Je suis prompt à le saisir.　　(*ter.*)

Toujours, amis, je le guette,
Et quand j'ai pû le trouver,
Pour long-temps, dans ma retraite,
Je cherche à le conserver.
    En riant,
    En chantant,
Je veux fixer le volage,
Il rit de mon badinage
Et s'enfuit en s'envolant.   (*ter.*)

A ce Dieu soyons fidèles,
S'il nous abandonne un jour,
Amis, courons près des belles,
Il suit les pas de l'Amour.
    Si Bacchus,
    Si Comus,
Savent l'entraîner à table,
Il n'est pas moins agréable
Entre les bras de Vénus.   (*ter.*)

Par M. J. B. de Brest.

CONSEIL A LA BEAUTÉ.

ROMANCE.

Musique de M. SANTER.

LORSQUE je te parle d'amour,
Pourquoi rougir charmante Adèle ?
Ce jeune enfant te doit le jour,
Faut-il te le prouver, cruelle ?...
Je le vois briller dans tes yeux,
A ta voix il donne des charmes,
Sans cesse il préside à tes jeux,
Il embellit jusqu'à tes larmes.

Il est caché sous cette fleur
Qui ceint ta blonde chevelure,
Il imprime un air séducteur
A tous les traits de ta figure ;
Si ton sein paroît agité,
C'est lui qui l'anime et le presse,
Il arme ta sévérité,
Il fait adorer ta sagesse.

Il suffit une seule fois
De te voir pour le reconnoître ;
Aujourd'hui tu braves ses lois ,
Tu t'en repentiras peut-être :
Crains d'offenser par ta rigueur,
Ce Dieu qui jamais ne pardonne ;
La rose , hélas ! perd sa fraîcheur
Quand l'astre du jour l'abandonne.

ANONYME.

L'AMANT SINCÈRE,

ou

LES ÉPOUX SANS L'ÊTRE.

AIR : *Du partage de la richesse.*

JULIETTE paroît plus belle
Depuis qu'elle porte en son sein,
Le fruit de cet amour fidèle
Qui doit embellir mon destin :
Juliette en devenant mère ,
Doublera ses droits sur mon cœur.
Du nom d'amant, au nom de père ,
Je passerai pour mon bonheur.   (*bis.*)

Dès l'instant que je vis les charmes
Dont l'Amour a su la pourvoir ;
Mon cœur, de lui rendre les armes,
Se fit un plaisir, un devoir.
En vain une pénible absence
Semble combattre mon ardeur,
Bien qu'éloigné de sa présence,
Je la retrouve dans mon cœur.　　(bis.)

Reviens, reviens, ma Juliette,
Reviens pour calmer ma douleur,
Reviens à mon âme inquiète,
Rendre la paix et le bonheur.
Reviens, et qu'un doux hymenée,
Confondant nos cœurs et nos vœux,
Par une chaîne fortunée,
Légitime à jamais nos nœuds.　　(bis.)

Par M. LANGLE, Artiste dramatique, *à Brest.*

MADRIGAL

A UNE DAME DE BREST.

IL m'en souvient encore, ô charmant souvenir !
Puisse cet heureux temps quelque jour revenir !

Lorsque j'étois amant, trahisons, inconstance,
Frappoient en vain mes yeux et mon cœur éperdu;
En vain j'avois tout vû, j'avois tout entendu,
D'un soupir, d'un regard, les moindres assurances
Me faisoient démentir les rapports odieux
De mes oreilles, de mes yeux:
C'étoit pour moi gagner une victoire,
Que de pouvoir moi-même m'accuser.
Qu'il est aisé d'en faire accroire
A qui ne veut que s'abuser.

Par M. VERGIER, *Commissaire de marine, à Brest.*

OSCAR ET RUSLA.

CHANT GALLIQUE,

IMITÉ DE TRÉMOR.

Musique de Monsieur L.-V. MATHIEU.

Aux bords glacés de la Scandinavie,
Triste séjour des Enfans de *Morna*,
Les plus doux nœuds enchaînoient pour la vie,
Le brave Oscar et la jeune Rusla.

Jamais encore une vierge si belle
N'avoit brillé dans ces âpres climats ;
Et des Beautés elle étoit le modèle,
Comme il étoit le héros des combats.

Les deux amans, un jour près du rivage,
Livroient la guerre aux chamois des Glaciers ;
Le chef d'Uttal, d'une grotte sauvage,
Sort tout à coup, suivi de ses guerriers.
Entre ses bras il enlève la belle,
Oscar, d'un trait, va lui percer le cœur ;
Mais accablé par la horde cruelle,
Il voit bientôt désarmer sa fureur.

Le ravisseur assuré de sa proie,
Sur sa pirogue entraîne les amans ;
Son œil brillant d'une féroce joie,
Avec plaisir contemple leurs tourmens.
« Séchez vos pleurs, dit l'affreux scandinave,
» Je vous prépare un destin fortuné !
» Toi, fier Oscar, tu seras mon esclave,
» Et toi, Rusla, mon lit t'est destiné. »

Rusla gémit ; Oscar frémit de rage,
Triste jouet d'un tyran et du sort :

Contre les coups dont sa rigueur l'outrage,
Il n'est pour lui d'asile que la mort:
Dans son transport, il saisit son amante,
En l'embrassant, s'élance dans les flots !
L'onde s'entr'ouvre, et la vague écumante
A dévoré la Belle et le Héros.

Par M. A. D******, de Quimper.

SUR JEAN LA FONTAINE.

AIR : *Du Vaudeville de l'Opéra-comique.*

LA FONTAINE est un pur cristal,
Qui réfléchit les ridicules;
C'est un tableau vraiment moral,
Qui frappe les plus incrédules.
Le méchant ne sauroit s'y voir;
Le fat s'y reconnoît à peine :
Mais la vertu, pour son miroir,
Doit choisir *La Fontaine.*

Par M. F.-M. B., de Brest.

SUR LA MORT DE MON ÉPOUSE.

AIR : *Comment goûter quelque repos.*

DEPUIS un mois dans le tombeau
Repose ma chère Eugénie,
Et la mort, de ma triste vie,
Laisse encor brûler le flambeau !...
O mon épouse ! ô mon amie !
Je gémis la nuit et le jour.
Rien ne peut éteindre l'amour
Dont pour toi mon âme est remplie. (*bis.*)

Le chagrin a tari mes pleurs
Qui seuls faisoient ma jouissance,
Et sur ma fragile existence
S'épuisent toutes les douleurs.
Quel sort de l'une à l'autre aurore,
De mes maux prolonge le cours !
Grand Dieu, seras-tu sans secours
Pour un malheureux qui t'implore ? (*bis.*)

Tendre Eugénie, en toi mon cœur
Aimoit une épouse, une amante ;

Chaque jour ta main caressante
M'offroit la coupe du bonheur !
Dans les jardins de l'Hymenée
L'Amour se plaisoit avec nous,
Et dans les plaisirs les plus doux
S'écouloit notre destinée.   (*bis.*)

  L'intérêt, ce vil séducteur,
N'avoit point uni nos deux ames ;
L'amour, de ses plus vives flammes,
Sans cesse embrâsa notre cœur,
En toi je trouvois, Eugénie,
Tous les trésors de la beauté,
La sagesse, la volupté
Et l'attrait de la modestie.   (*bis.*)

  Tu meurs, je perds tout avec toi,
Rien ne soulage ma tristesse ;
Ton souvenir et ma tendresse,
De mourir, me font une loi.
A mes plaintes la tourterelle
Mêle ses douloureux accens ;
Comme elle, j'aime mes tourmens,
De regrets je mourrai comme elle. (*bis.*)

    Par M. J.-M. BAUDIN, *de Nantes.*

L'INCONSTANCE.

AIR : *Jeunes amans.*

Rions toujours, soyons joyeux,
Nargue de la mélancolie,
Quoi ? soupirer pour deux beaux yeux,
Est-ce le bonheur de la vie ?
Regardez le léger zéphir
Porter son hommage à la rose ;
Il l'abandonne, et va la fuir,
A peine, hélas ! est-elle éclose.

Le papillon, de fleur en fleur,
Vrai modèle de l'inconstance,
Erre, voltige, et du bonheur
Jouit par son inconséquence.
Imitons-le dans nos amours,
Et comme lui soyons volages,
Un songe : voilà nos beaux jours ;
A quoi nous sert-il d'être sages ?

Par M. J. B., de Brest.

LE SOLEIL ET LES NUAGES.

FABLE.

LES Nuages jaloux de l'éclat de Phébus,
Essayèrent un jour de ternir sa lumière ;
Inutiles efforts.... ils furent tous vaincus :
Et le dieu plus brillant acheva sa carrière.
Tel est, mon cher lecteur, l'empire des vertus,
Le vice a beau tenter d'obscurcir leur image ;
L'inutilité de sa rage,
Ajoute à leur couronne un diamant de plus.

Par M. J.-L. D., de Brest.

LES ROSES.

BOUTADE.

AIR : *Avec vous sous le même toit.*

MORBLEU, jusques à quand, partout,
Rimeurs qui voyez tout en rose,
Ferez-vous la guerre au bon goût
Dans vos couplets à l'eau de rose ?

Avec vos vers , pleins de fadeurs
Qui n'ont pas la couleur des roses.
Parmi nous, en mauvaise. odeur ,
A la fin , vous mettrez les roses.

Jeune bergère , en sa fraîcheur ,
Chez vous toujours se nomme Rose.;
Son souffle toujours en douceur ,
Surpasse l'odeur de la rose :
Le tendre incarnat de son teint
Vous semble des feuilles de rose ,
Et sur sa bouche et sur son sein
Vous voyez des boutons de rose.

Les vers , plus que vous ne pensez ,
Ont du rapport avec les roses ,
Car tous ceux que vous composez
Ne durent pas plus que les roses.
Grâce à votre esprit créateur ,
Ils sont communs... comme les roses ;
Et l'ennui que sent le lecteur
Est l'épine au milieu des roses.

Certain barbouilleur autrefois ,
Ne savoit peindre que des roses ;

D'un sujet aviez-vous fait choix?
Vous étiez sûr d'avoir des roses.
C'est, je crois, la même raison
Qui vous fait prodiguer les roses.
Dites, messieurs, si ma chanson
A découvert le pot aux roses.

Par M. A. D******, de Quimper.

IMPROMPTU

A MADEMOISELLE AIMÉE M.

Qui me défioit de faire son Portrait en un
seul couplet.

Air : *Je vous comprendrai toujours bien.*

Tu me demandes ton portrait,
J'obéis, ma divine Aimée,
Je vais te peindre trait pour trait,
La chose me devient aisée.
Vénus n'avoit pas ta beauté,
L'Amour t'auroit rendu les armes;
Et de Psyché s'il fut flatté,
C'est que tu lui cachas tes charmes.

Par M. Langle, Artiste dramatique, à Brest.

LA MUSE

ROMANCE.

A MON AMIE.

QUAND de ta voix enchanteresse,
J'entends les accens séduisans,
Rends-moi compte de cette ivresse
Qui vient s'emparer de mes sens ?

Quant à te dire, Emma, je t'aime,
Je fais consister mon bonheur ;
Dis-moi, par quel pouvoir extrême
L'aveu reste au fond de mon cœur ?

Quand plein d'un amoureux délire,
Je brûle de baiser ta main,
Dis-moi, qui fait que je soupire,
Et que je m'arrête soudain ?

A chaque instant de la journée,
Lorsqu'au repos je suis livré,
Dis-moi la cause fortunée,
Qui t'offre à mon cœur enivré ?

Ah ! c'est l'amour qui me pénètre ,
Dans ce moment plein de douceur ;
Ton regard me le fait connoître ,
J'y vois le secret de mon cœur !

Par M. P. T. , de Brest.

COMPLAINTE

SUR LA BATAILLE DES TRENTE.

CHANT BRETON.

Les Bretons et les Anglais
Désirant faire la paix ,
Des deux parts on se mêt trente ,
La bataille fut sanglante :
Plus d'un chef s'y fit un nom.
Mais hélas ! un coup de lance
Vient arrêter la vaillance
Du beau Sire de Mellou ,
L'honneur du Peuple Breton.

Sans se plaindre du destin ,
Il sent approcher sa fin :
« Viens , mon écuyer fidèle ,
» Il faut porter à ma belle

» Ce ruban , cet écusson
» Qui, dans le champ de la gloire ,
» Attestera ma victoire
» Sur les enfans d'Albion ,
» Et la valeur d'un Breton. »

Il marche , arrive au manoir
Où réside encor l'espoir :
Las ! quelle funeste attente !
Tristement il se présente ,
La mort peinte sur le front.
« Devant vous , j'ose paroître ,
» C'est par l'ordre de mon maître ;
» De mes mains prenez ce don
» Que vous a fait un Breton.

» Mellon !... Triste souvenir
» Pour mon cœur , quel avenir , »
Répond la dame affligée.
« Mais ta mort sera vengée ;
» J'en appelle à ma raison :
» Rien dans mon âme attendrie ,
» Ne balance la patrie
» Qui te valut ton renom ,
» Tu vécus.... meurs en Breton. »

CHANSON BACHIQUE.

AIR : *Toujours de trinquer avec vous.* (Fanchon.)

Buvons amis , soyons joyeux,
Et songeons que la table
Nous fait passer des jours heureux,
Une vie agréable ;
Près de la beauté ,
L'on voit un pâté ,
Alliance admirable :
Vraiment les amans
Et les bons gourmands
Ne sont heureux qu'à table.

Presser le pied, serrer la main ,
Regarder d'un air tendre ;
Recommencer le lendemain ,
Oh ! c'est bien d'un Léandre.
Le gourmand joyeux ,
Près de deux beaux yeux ,
A table cherche à plaire :
Les bons sentimens ,
Les propos galans ,
Sont au fond de son verre.

LA MUSE.

Dans les yeux de sa déité ,
L'amant voit l'espérance ;
Le gourmand voit dans un pâté ,
Bien meilleure pitance.
L'œil de la maman
Est très-vigilant ;
Mais on le trompe à table :
Sortant de ces lieux ,
Gourmand amoureux
N'en est que plus aimable.

L'amant n'est jamais satisfait ,
Toujours il est maussade ;
Un mot , un geste lui déplaît.
Le gourmand , par rasade ,
Avale l'esprit ;
De tout il se rit ,
Il chante , est-il blâmable ?
Beautés , pour amant ,
Prenez un gourmand ,
Et le jugez à table.

Pour ces couplets faits sans façon ,
Ne soyez pas sévères ,

Je rime, en dépit d'Apollon,
    Mais j'ai bien des confrères ;
        Et si ma chanson
        Peut avoir le don
De plaire au sexe aimable,
        Qui tout embellit,
        Qui charme et séduit,
Je me crois excusable.

Par M. J. B., de Brest.

CONSEIL

A MA JEUNE AMIE.

    « Pourquoi cela
    » Se trouve-t-il là ? »
Adèle, c'est ton mot, lorsque par badinage,
    A l'ombre d'un épais feuillage,
Tu viens pincer l'oreille ou tirer les cheveux
Aux timides amans qui t'adressent leurs vœux,
    En leur faisant des tours de page.
Prends-y garde, à ce jeu tu cours certain danger,
    S'il te rencontre seule au sein de ce bocage,
Aussi rusé que toi, quelque malin berger

5

Fera main basse sur tes charmes,
Et te forçant à lui rendre les armes,
Il te dira.... pourquoi cela
Se trouve-t-il là ?

Par M. LANGLE *, Artiste dramatique, à Brest.*

L'ÉNIGME.

AIR : *De Monsieur Saint-Amans, à Brest.*

Qui mieux qu'elle, parmi les fleurs,
Touche, séduit, flatte et sait plaire ?
Qui sait mieux pénétrer nos cœurs,
Charmer l'esprit le plus vulgaire ?
J'ai deviné, dira Zirphé,
Ce ne peut-être que la rose
Qui peint l'amour et la beauté !...
Cherchez, cherchez, c'est autre chose.

Il lui faut la forme d'un cœur,
A chaque part qu'on en peut faire,
Dont deux ont la même couleur,
Et trois dont la teinte diffère.

De cinq parts, Zirphé nous dira ;
La violette se compose ,
C'est elle ; mais on répondra :
Cherchez , cherchez , c'est autre chose.

Sans elle il n'est point de plaisir ,
L'Amour en nous éteint sa flamme ,
On vit sans goût et sans désir ,
Et c'est l'aliment de notre âme.
Seule , elle pourra découvrir
Le mot qu'ici l'on vous propose ;
Cherchez , il peut s'évanouir ,
Pensez , pensez , voilà la chose.

Par M. F.-M. B. , de Brest.

LA CONFESSION

DE

ZULMÉ.

Qu'EXIGEZ-vous belle Zulmé ?
Qui moi , dans les replis de votre conscience ,
Porter avec sévérité
Le flambeau de la Pénitence ?
Moi , confesseur de la beauté !

D'un sage Directeur, ai-je donc l'apparence,
En ai-je le maintien, le ton, la gravité ?
　　Ai-je surtout une oreille aguerrie
　　　Contre les timides aveux
　　　D'une Pénitente jolie ?
Si vous m'allez conter d'une voix attendrie
　　Quelqu'un de ces péchés heureux,
　　Qui font le charme de la vie.
Que deviendrai-je ?... un Démon tentateur,
Dans les sens trop émus du nouveau Directeur,
N'allumera-t-il point une flamme profane,
Et n'envierai-je pas dans le fond de mon cœur,
Tous ces jolis forfaits qu'il faut que je condamne ?
　　　Enfin, il faut vous obéir,
Vous le voulez ; quoique novice en cette affaire,
Que ne ferai-je pas dans l'espoir de vous plaire ;
Recueillez-vous, ma sœur, le guichet va s'ouvrir.

Commencez. — A l'*Orgueil* vous êtes-vous livrée ?
　　Moi, je le crois, quand on a vos attraits,
　　De tous les cœurs quand on est adorée :
De cet encens qui brûle et ne s'éteint jamais
　　Sur les autels dont on est entourée,
Pourroit-on quelquefois ne pas être enivrée ?

D'ailleurs, tout vous conduit vers ce piège trompeur,
  Et le miroir qui répète vos charmes,
Et les tendres regards, et l'hommage flatteur
De mille amans qui vous rendent les armes,
  Et vos talens, et cet air séducteur,
    Et cette taille de Déesse,
    Et ses beaux yeux, où la noblesse
    Succède à la tendre langueur,
    Et la langueur à la finesse;
  Aussi, j'excuse en vous cette foiblesse.
L'humilité, ma Sœur, ne sied qu'à la laideur ?

Poursuivez. — Êtes-vous encline à l'*Avarice !*
  Vous rougissez, vous avez bien raison,
  C'est ma Sœur, un fort vilain vice,
Un vice pour lequel il n'est point de pardon.
    Inutile dépositaire
    De tous les trésors de l'amour,
  N'en doutez pas, vous répondrez un jour
    Du bien que vous auriez pû faire.
Rassurez-vous, pourtant, car il n'est point d'erreur
    Qu'un bon repentir ne répare ;
    Renoncez-donc à vos rigueurs,
    Afin de gagner tous les cœurs.

Soyez économe de vos faveurs ,
Mais n'en soyez jamais avare....

Votre âme, j'en suis sûr , du poison de l'*Envie*
  A toujours su se préserver ?
  Ah ! qui pourroit vous inspirer
  Un mouvement de jalousie ?
Vous reste-t-il quelques vœux à former ?
En talents, en appas, vous n'avez point d'égales,
D'un sentiment si bas peut-on vous soupçonner,
  Il n'est fait que pour vos rivales.

Le péché des *Gourmands* , parlez-moi sans détour,
Est-il aussi le vôtre ? ah ! ce seroit dommage ,
Le Dieu dont votre bouche est le charmant ouvrage,
Qui d'un corail si pur en orna le contour ,
Se plût à la former pour un plus digne ouvrage.
Elle est faite, Zulmé , pour le tendre langage,
Les soupirs , les aveux, les baisers de l'Amour.

  Si quelquefois de la *Colère* ,
  Vous avez senti les accès ,
Sans doute les efforts d'un amant téméraire
De votre cœur , avoient troublé la paix.

Zulmé., votre courroux n'étoit point légitime :
Epris de vos appas, piqué de vos refus
Son audace étoit-elle un crime ?
Croyez-moi , ne vous fâchez plus
Contre une erreur si naturelle ;
Les désirs qu'on sent naître en vous voyant si belle,
Nuisent bien au respect qu'inspirent vos vertus.

Il est un péché moins affreux
Auquel, je l'avoûrai, je vous crois fort sujette :
Péché que plus d'une fillette
Entre deux draps , commet souvent seulette :
Ne baissez pas vos deux grands yeux ,
Que rien n'allarme ici votre délicatesse,
Ce péché-là , Zulmé , ce n'est que la *Paresse.*
Ne cherchez pas à vous en corriger ,
Et si d'amour quelque soufle léger
Au point du jour , vous berce d'heureux songes
Puissent d'aussi rians mensonges
Vous inspirer du goût pour la réalité.

Bientôt ma tâche est achevée:
De six péchés vous voilà confessée.
Il en est encore un , le plus charmant de tous ,

De celui-là, s'il est, sur la liste des vôtres,
  Non seulement je vous absous,
  Mais en faveur de ce péché si doux,
  Je vous pardonne tous les autres.

  Par M. GINGUENÉ, *de Rennes.*

LE CARNAVAL.

AIR : *Quand Vénus sortit de l'onde.*

  VIVE à jamais le délire
  Que le Carnaval inspire,
  Vive à jamais les bons mots,
  La Folie et ses grelots.
  La Raison fait la grimace
  Et se sauve en enrageant.
  Momus vient, il la remplace,
  Et nous plaît en badinant.

  Dans ce temps chacun sait rire,
  La Gaîté partout inspire,
  Et dans tous lieux réunis
  Partout on voit des amis.

On chante, on cause, on babille,
On boit, on mange, on médit;
Près de fillette gentille
On se trouve de l'esprit.

Tout le jour on fait bombance ;
La nuit vient, on saute, on danse ;
Sous le masque, sans détour,
A fille on parle d'amour.
Hélas! ce temps de folie
Vient comme un songe et s'enfuit,
C'est l'image de la vie
Que sous nos yeux il produit.

Par M. J. B., de Brest.

CHANT TRISTE
D'AMOUREUX TROUBADOUR.

Air à faire.

ELLE est morte ma douce Amie !
Oiseaux, cessez vos chants joyeux ;
Fanes-toi vîte herbe fleurie ;
Larmes ne quittez point mes yeux,
Elle est morte ma douce Amie !...

Troupeau, fuyez cette prairie;
Bergers, brisez tous vos hautbois,
Plus ne verrez ma Glicérie,
Plus n'entendrez son de sa voix!
Elle est morte ma douce Amie!...

Hier on sonna son agonie,
Aujourd'hui j'ai vu son cercueil;
Demain peut-être ensevelie!...
Cœurs sensibles portez son deuil;
Elle est morte ma douce Amie!...

Destin cruel qui la ravie,
Rends-moi l'objet de mon amour;
Ou bien arrache-moi la vie,
Plus n'ai besoin de voir le jour!
Elle est morte ma douce Amie!...

Par M. LANGLE, *Artiste dramatique, à* **Brest.**

AH! LAISSEZ-DONC. *

CHANSON VAUDEVILLE.

REFRAIN DONNÉ.

AIR : *ça n'se peut pas , ça n'se peut pas.*

Si de fronder j'ai la manie,
A louer je me plais souvent,
D'un héros vantez le génie,
Je suis de votre sentiment ;
Mais si d'un vil folliculaire
Vous citez l'esprit , la raison ,
Soudain je m'écrie en colère :
    Ah ! laissez-donc.   (*bis.*)

Narguant l'envie et la critique ,
Enfin du fond de son cerveau ,
Lisimon , poëte comique ,
Arrache un chef-d'œuvre nouveau :
J'ai, dit-il , imité Molière.
Mais le parterre , au fanfaron ,

* La signification de ce Dicton qui a été en vogue
pendant quelque temps , est trop connu, pour qu'il soit
nécessaire de l'expliquer.

Répond bientôt à sa manière,
   Ah ! laissez-donc.   (*bis.*)

   Florval, conteur par excellence,
Pétille de sel et d'esprit ;
Tout ce qu'il dit, tout ce qu'il pense
Est admirable (à ce qu'il dit);
Mais de cette éloquence extrême
Quand il donne un échantillon,
C'est comme s'il disoit lui-même :
     Ah ! laissez-donc.   (*bis.*)

   Figeac, freluquet ridicule,
Se vante comme un franc Gascon ;
A l'entendre c'est un Hercule,
A le voir, c'est un myrmidon.
Lasse de son orgueil extrême
Eglé qui le connoît à fond,
Soupire et dit en elle-même :
     Ah ! laissez-donc.   (*bis.*)

   Alix, beauté sexagénaire,
Seule dans son boudoir un jour,
Se disoit : je puis encor plaire
Et même inspirer de l'amour.

Mais hélas ! en tournant la tête
Pour minauder d'un air fripon ,
Un fatal miroir lui répète ,
    Ah ! laissez-donc.   (bis.)

A déchirer , gagnant sa vie ,
Certain journaliste insolent ,
Voudroit, des œuvres du Génie ,
Ternir le mérite éclatant,
Près de lui , si l'on veut l'en croire ,
Rousseau n'est qu'un petit garçon ,
Et Voltaire qu'une mâchoire :
    Ah ! laissez-donc.   (bis.)

Par M. A. D. , de Quimper.

LE PLAISIR ET L'INNOCENCE.

ROMANCE.

Musique de M. SAINT-AMANS.

LA Nature avec soin créa ,
Pour orner, embellir la terre ,
Un enfant qui long-temps guida
Les Grâces , le dieu de Cythère.

6

Alors existoient le désir,
La félicité, l'espérance ;
On méconnoissoit le Plaisir,
On n'adoroit que l'Innocence.

Bientôt l'altière Volupté,
Jalouse d'un si bel ouvrage,
Fit éclore par vanité
Le Plaisir, léger et volage.
Porté sur l'aile de Zéphir,
Il voyagea dès sa naissance,
Et le premier cri du Plaisir
Fut le dernier de l'Innocence.

L'Innocence étoit au hameau,
A la cour ainsi qu'à la ville ;
Le ciel ne fit rien d'aussi beau,
Il ne fit rien d'aussi fragile.
S'il ne faut qu'un jour pour flétrir
La fleur encore à sa naissance ;
Un instant suffit au Plaisir,
D'un soufle il détruit l'Innocence.

C'est en vain que dans notre cœur,
Un dieu fait germer la sagesse,

Nous courons après le bonheur,
Mais il nous échappe sans cesse.
Vous existez par le désir,
Pour l'amour et la jouissance;
Amans, le trône du Plaisir
Est le tombeau de l'Innocence.

Par M. F.-M. B., de Brest.

ÉPITRE

A MONSIEUR EMMANUEL DUPATY,

PENDANT

SON SÉJOUR A BREST.

SALUT

A vous, dont la muse facile
Sait se plier à tous les tons;
Joyeux enfant du Vaudeville,
N'offrirez-vous rien aux Bretons?
Que penser d'un pareil silence
Avec votre facilité?
Je vous le dis en confidence,

Fortement ici l'on s'offense,
De ce manque d'urbanité.
« Il a, nous dit-on, de l'aisance,
» De la verve, de la gaîté :
» Mais à juger par l'apparence,
» Il est bien clair qu'on l'a flatté. »
  Un tel discours, en vérité,
Pour vous me chagrine et me blesse.
Allons, Monsieur, plus de tristesse,
Adieu la taciturnité.
De votre lyre enchanteresse
Faites-nous entendre les sons.
Que dans ces lieux, avec ivresse,
Chacun répète vos chansons.
Exilé chez le bon Admète,
On sait que jadis l'un des dieux,
Par des concerts mélodieux,
Charma l'ennui de sa retraite.
Ovide, dont vos vers charmans
Nous rappellent le doux langage,
L'esprit, les grâces, les talens,
Banni sur un lointain rivage ;
Sut, du séjour le plus sauvage,
Faire un séjour délicieux,

Des muses, tel est l'avantage ;
Il fut bien grand pour tous les deux.
Ah ! que n'en faites-vous usage,
Vous nous enchanteriez comme eux.

Par M. J.-L. D***, de Brest.

COUPLETS.

CHANTÉS A UN REPAS DE NOCE.

AIR : *Femmes voulez-vous éprouver.*

QUOIQUE frères, l'Hymen, l'Amour
Rarement se trouvent ensemble ;
Au premier, le second, un jour,
Dit : qu'un même esprit nous rassemble :
Tu sus inspirer ces deux cœurs,
Marchons ici de compagnie ;
Ah ! comblons-les de nos faveurs,
Faisons le charme de leur vie.

Ennuyé de toujours courir,
L'Amour répondit à son frère :
Ton projet a su me ravir,
Je vais te le prouver j'espère ;

Oui , je fixe ici mon séjour ,
Mon arc , mes traits , voilà mon gage :
Lorsqu'à l'Hymen se joint l'Amour ,
Ce dieu ne peut être volage.

Par M. J. B. , de Brest.

LE BONSOIR.

Air du *Bonjour.*

LA sombre nuit sur la voute azurée,
Étend déjà son voile ténébreux ;
Je vais quitter mon amante adorée ,
L'objet chéri de mes plus tendres vœux.
O ma Thaïs ! l'instant fatal s'avance !
Pourrai-je vivre un instant sans te voir ?
Tout est perdu pour moi dans ton absence ,
La nuit cruelle a détruit mon espoir,
      Bonsoir , bonsoir.

Astre du jour , bienfaisante lumière ,
Viens dissiper les ombres de la nuit :
A ma Thaïs , j'adresse ma prière ,
Un noir silence entoure son réduit !

Tu dors en paix au sein de l'innocence,
Et moi, brûlant du désir de te voir,
Je vais traînant ma pénible existence
Dans la douleur et dans le désespoir.
     Bonsoir, bonsoir.

   Demain, de Flore, on célèbre la fête,
Sans toi, Thaïs, il n'en existe pas ;
Je vais revoir cette aimable toilette
Qui, sans contrainte, ajoute à tes appas.
Je te destine une rose nouvelle,
De ton Amant daigne la recevoir ;
Ah ! sur ton sein, que ne puis-je comme elle,
Perdre le jour que je brûle de voir !
              Anonyme.

PRIÈRE D'UN BRETON

AVANT LE REPAS.

Musique de M. T. D****.

Bacchus, ta bonté sans seconde
Fertilise tout l'univers ;
Toi, dont la liqueur rubiconde
Inspire l'amour et les vers,

Viens présider à cette table ,
Éloignes-en l'e sombre ennui ;
Si par toi seul on est aimable ,
Fais que je le sois aujourd'hui.

Momus , prête-moi ta marote ,
J'en ferai tinter les grelots ,
Ils deviendront mon antidote
Contre les soucis, les pavots :
De ta gaîté nourit ma verve ;
De mon esprit froid et glacé ,
Que le bouclier de Minerve ,
Par ton masque soit remplacé.

Et toi, bienfaisante Déesse !
Dont rien n'égale la beauté ,
Symbole heureux de la jeunesse ,
Du plaisir et de la santé.
Hébé , de ton sexe adorable ,
Viens ici me dicter la loi ;
Sans toi peut-on jouir à table ,
On n'est heureux qu'auprès de toi.

Par M. F.-M. B.., de Brest.

IL FAUT
QUE TOUT LE MONDE VIVE,

CHANSONNETTE-PROVERBE.

REFRAIN DONNÉ.

AIR : *De votre charette, ma foi.* (M. Vautour.)

Si je me plains que des abus
Se sont glissés dans la finance,
Qu'au monde il n'est plus de vertus,
Que Thémis n'a plus de balance ;
Que devant le vice insolent,
La droiture est toujours craintive,
L'on me répond au même instant :
Il faut que tout le monde vive.

Chaque jour voit naître un roman,
Qu'en dépit du goût l'on débite ;
Mais pour l'auteur, il est charmant,
Puisqu'il fait bouillir la marmite.
Il est vrai, l'on bâille à mourir
Sitôt qu'un nouveau tome arrive ;

Amis , tâchons de le souffrir ,
Il faut que tout le monde vive.

Lise , à mes désirs , rendez-vous ,
Disoit Linval à sa maîtresse ,
Ou vous allez , à vos genoux ,
Me voit expirer de tendresse.
O ciel ! quel transport amoureux !
Je tremble que mort ne s'en suive ,
Répond Lise , allons , sois heureux ;
Il faut que tout le monde vive.

Souvent l'on prétend que j'ai peur ,
Dit Figeac , erreur singulière !
Si je suis prudent , c'est d'honneur ,
Que j'ai la main trop meurtrière.
J'en vis tant périr sous mes coups !
De peur qu'un tel malheur n'arrive ,
Toujours je manque au rendez-vous ;
Il faut que tout le monde vive.

Notre curé perd l'embonpoint ,
Son humeur est triste et chagrine ,
Dans son troupeau l'on ne meurt point ;
Adieu la cave et la cuisine !

O Dieu ! dit-il , dans ce séjour
Fais que la mort soit plus active.
Seulement un décès par jour !
Il faut que tout le monde vive.

Par M. A. D******, de Quimper.

LES DIVERSES ACCEPTIONS DU MOT PRESSE.

IMPROMTU FAIT A UN SOUPER.

Air : *Des fraises.*

Sans quelques bons Allemands
    Je serois en détresse ,
Car pour des vers et des chants
Je n'en eûs jamais fait sans
    La presse , la presse , la presse.

A ce souper impromptu
    Où règne l'allégresse ,
Chacun court , moi , j'ai couru ,
Et pour vous voir j'ai fendu
    La presse , (3 *fois.*)

Vous dont la conscription
.Détruisit la paresse ,
N'allez pas en Albion,
Ou craignez jeune ou barbon ,
La presse , (3 *fois.*)

De consentir à mes vœux ,
J'implore ma maîtresse ,
L'amour qui brille en ses yeux ,
De correspondre à mes feux ,
La presse , (3 *fois.*)

Jeunes auteurs , mes amis ,
Votre sort m'intéresse ,
Redoutez , c'est mon avis ,
Pour vous et pour vos écrits ,
La presse , (3 *fois.*)

Par M. F.- M. B. , de Brest.

ENCORE POUR VOUS.

AIR : *En même temps plaisir et peine.*

ÊTRE parfait , femme charmante ,
Objet de nos coustans soupirs ,
Pourquoi de votre ardeur brûlante
Rejetez-vous les vifs désirs ?
Pourquoi ce cœur , par la nature ,
Fait pour embellir tous nos jours ,
S'irrite-t-il et qu'il murmure ,
Aux aveux des tendres Amours.

Il est deux Amours sur la terre ;
L'un d'eux mérite vos mépris ,
Mais l'autre est digne de vous plaire ;
Avec lui l'espoir est permis :
Il est jeune , et son innocence ,
Doit tranquilliser votre cœur ;
S'il fait sentir quelque souffrance ,
C'est sans crime , c'est par erreur.

7.

Un bandeau sait borner sa vue ,
Mais l'Innocence est sur ses pas ;
S'il tombe , elle est tôt survenue ,
Il trouve un refuge en ses bras.
Le Bonheur, de leur alliance ,
Pour les Amans naquît un jour.
Tout va bien lorsque l'Innocence
Accompagne le dieu d'Amour.

Par M. P. T. , de Brest.

A UN AMI,

LE JOUR DE SON MARIAGE.

Air : *Que ne suis-je la fougère.*

L'Amour , pendant la jeunesse ,
Règne en maître sur nos cœurs ,
Il nous séduit , nous caresse ,
Et nous couronne de fleurs :
Sur ses pas il nous entraîne ,
Il nous offre le bonheur ,
Et nous regardons sa chaîne
Comme une douce faveur.

Chagrin, souci, peine, allarme,
Chez lui tout n'est que plaisir;
Souvent même douce larme
Sait augmenter le désir.
Long-temps résiste fillette,
Elle succombe à son tour;
Et tout bas elle répète :
Il faut se rendre à l'Amour.

Ce Dieu, dit-on, est volage,
Il fuit quand on est époux :
N'écoute pas ce langage,
Ses feux augmentent en nous.
Quand fille douce et jolie,
Nous abandonnant son cœur,
Sur les chagrins de la vie,
Aide à jeter quelque fleur.

Chéris, ami, ton Adèle,
Cinq ans tu lui fus constant :
Que ce long-temps vous rappelle
Qu'il faut toujours être amant.
Aimable, douce et sincère,
Elle saura t'enflammer,

Toujours elle saura plaire ;
Sache aussi toujours l'aimer.

Redoute la jalousie ,
Fuis son dangereux poison ;
Elle attriste notre vie ,
Elle trouble la raison :
Quand elle vient l'amour cesse ,
Il dit : de ces lieux fuyons ;
Et ce dieu ne nous caresse
Qu'autant que nous le servons.

Puisses-tu dans ton ménage ,
Trouver toujours le bonheur ,
Que jamais aucun orage
Ne vienne troubler ton cœur.
Puissai-je sous peu , moi-même ,
Loin de toute illusion ,
En prenant femme qui m'aime ,
Profiter de ta leçon.

Par M. J. B. , de Brest.

PARODIE

DE LA ROMANCE, JE T'AIMERAI.

Même air.

Je t'aimerai, je chérirai mes chaînes
Tant que la vigne offrira du raisin ;
Que l'on verra des côteaux et des plaines,
Et que le jour renaîtra le matin.

Je t'aimerai, je te serai fidèle
Tant que dans l'air voleront les pigeons ;
Qu'en plein midi l'on verra sans chandelle,
Et que dans l'eau nageront les poissons.

Je t'aimerai, tant que dans la nature,
Après dimanche arrivera lundi ;
Tant que la femme aimera la parure,
L'homme l'argent, et le moineau son nid.

Par M. F.-M. B., de Brest.

LE VOYAGE

DE L'AMITIÉ, L'HYMEN ET L'AMOUR.

Air : *Lorsque vous verrez un amant* (du Jockei.)

L'Amitié, l'Hymen et l'Amour,
Pour visiter l'humide plage,
S'embarquent tous les trois un jour,
Par un temps calme et sans nuage.
L'amour d'abord veut en tyran
Lui seul gouverner le navire ;
Sur la terre et sur l'Océan,
Tout est dit-il soumis à mon empire.

Sous les feux du midi brûlant
Le fougueux Amour les transporte,
Et les ombre Hymen en grondant,
Se plaint d'une chaleur trop forte.
It cherche querelle à l'Amour,
Mais l'Amitié d'un air tranquille,
Lui dit qu'Hymen doit à son tour
Gouverner, s'il est plus habile.

L'Hymen bientôt, virant de bord,
Pilote à son gré la nacelle,
Et la conduit au fond du Nord
Où règne une glace éternelle.
Le pauvre Amour transi de froid,
Contre l'Hymen en vain murmure,
Il a beau souffler dans ses doigts;
L'Hymen rit des maux qu'il endure.

Enfin, la sensible Amitié,
Qu'un si foible enfant intéresse,
Le prend dans ses bras par pitié,
Et le réchauffe et le caresse ;
Gouverne la barque à son tour,
Et d'une course modérée
Conduit et l'Hymen et l'Amour
Jusqu'à la zône tempérée.

ANONYME.

BOUTS RIMÉS.

Des écoles je hais la pédante. . . . . . . logique ;
Celle du cœur occupe mieux mon. . . . temps :
La première à l'étude et m'engage et m'. applique,
Elle aura mon hyver, et l'autre. mou . printemps.

Par M. J.-L. D., de Brest.

LA MUSE

A MON INFIDELLE.

PIÈCE ANONYME,

DÉDIÉE A MONSIEUR F.-M. B.

Fourmillière d'amours, de grâces et de ris ;
Jardin resplendissant de roses et de lys :
Magasin de beauté, pépinière de charmes,
Ne seras-tu pour moi qu'un réservoir de larmes ?
Oteras-tu toujours à ma fidelle ardeur,
L'espoir d'escalader les remparts de ton cœur ?
En vain mes soupiraux, dans l'accès qui m'oppresse,
Laissent couler pour toi des zéphirs de tendresse :
Qu'ils sortent en cachette ; ou bien avec fracas,
Insensible Philis, tu n'en fais aucun cas.
Mais puisque mes tourmens sont sans espoir de trève,
Que tout sache du moins le dépit qui me crève.

Ours, lion et sangliers, arbres, rochers massifs,
Déserts inhabités, et vous autres oisifs
Qui ne bougez jamais de la place où vous êtes ;
Forêts qui renfermez toutes sortes de bêtes :
Chantres mélodieux, aux gosiers emplumés,
Qui sifflés ou chantés sans en être enrhumés ;

Prés, vignes, champs, guérêts, hasiers, plates campagnes,
Colines et vallons, côteaux, hautes montagnes,
Ruisseaux qui murmurés sous un vert falbala',
Que tout se taise enfin..... Allons, silence là....
    Or, aux quatre quartiers de cette immense terre,
A tout être existant, et même imaginaire ;
A tout mâle et femelle, ici je fais savoir
Que si je suis en pleurs et dans le désespoir,
C'est que j'ai des raisons qui m'empêchent de rire,
Et l'on en conviendra si l'on me laisse dire.
    Un jour de l'an passé, dans l'un des douze mois,
de Philis à mes yeux, vint s'offrir le minois,
Et voilà que mon cœur en devient idolâtre ;
Il bat à triple croche, il fait le diable à quatre.
Est-il bien surprenant ? Cette rare beauté
Semble un phosphore, un astre, une divinité.
Son visage et son teint de couleur de noisette ;
L'ébène de ses dents, en forme d'épinette ;
Sa peau de maroquin, sa taille de fuseau,
Son œil bordé d'anchois et vif comme un pruneau;
Son œil, dis-je, saillant dans un lointain d'optique,
De ses cheveux gluans le doux odorifique ;
De ses ongles crochus, les appas dangereux;
De son front retréci l'éclat majestueux ;

Sa bouche de cristal qui s'unit aux oreilles ,
de son nez applati les grâces sans pareilles ,
Tout conspiroit en elle à subjuguer un cœur.
Le mien s'y laissa prendre, hélas! pour son malheur.
Philis , qui fut toûjours une de ces rusées ,
Dont le nez est entré dans le cul des pensées ,
Même avant que tout autre en ait vu le museau ,
Comprit qu'en ses filets elle prendroit l'oiseau
Pour peu qu'elle feignît de devenir sensible.
(On sent que le succès n'étoit pas impossible.)
La perfide , en effet , pour commencer son jeu,
Darde, à brûle pourpoint , de sa prunelle un feu
qui pénètre à l'instant tous les plis de mon âme ;
J'ai beau crier à l'eau , pour éteindre la flamme ;
L'incendie a gagné.... Mon cœur déjà rôti ,
Ne sachant plus que faire , enfin prend le parti
D'être mis en hachis , en sauce , en marmelade ,
Au beurre , blanc ou noir , en friture , en grillade ,
A la pistache , à l'ail, au persil, à l'oignon.
Pourvu que ma Bergère ouvre son bec mignon ,
Pour dire en ma faveur un seul mot de tendresse.
Elle le dit ce mot ! ! ! oh! torrent d'allégresse !
Quel scribe , dans mille ans , en eût-il le loisir ,
Pourroit , sur le papier , retracer mon plaisir ;

De ma ratte aussitôt tout les battans s'ouvrirent,
De joyeux sifflemens mes boyaux retentirent :
En un mot, dans mon cœur, s'il eût été fendu...
On eut vû le plaisir à foison répandu.
Mais, oh revers ! oh crime ! oh fortune cruelle !
De la perfide, hélas ! l'inconstante cervelle
Tourne et me plante-là comme un as de carreau.
Ma bile ne peut plus tenir en son fourreau,
Et de mourir, peut-être, il m'auroit pris l'envie,
Si les morts, en mourant, ne perdoient pas la vie.
Mais aussi l'appelai-je au fort de ma douleur,
Cœur de roche, serpent, crocodile, trompeur ;
Inutiles clameurs ! dès ce jour la tigresse
Fait, sans aucun remords, fauxbon à ma tendresse :
Pleurs, plaintes et soupirs, rien ne peut la toucher ;
Que le soleil se lève ou qu'il s'aille coucher ;
Que la lune soit vieille ou qu'elle rajeunisse,
Vers elle tous mes pas sont des pas d'écrevisse.
Ah ! puisqu'à cet excès, mes maux sont parvenus,
Sortez de mon cerveau, torrens trop retenus.
Débordez-vous, mes pleurs, et forcés votre écluse,
Pour noyer, s'il se peut, l'ingrate avec la ruse.
Que bientôt une mer !! Mais, non, restez dedans,
Loin de nous chagriner, rions à ses dépens :

Quoi ! la perfide ainsi jouiroit de ma peine ?
Ah ! bravons-la plutôt en sortant de sa chaîne.
Par tes appas, Philis, si je fus chatouillé,
J'en fais cas aujourd'hui comme d'un clou rouillé ;
N'attends pas qu'à tes pieds jamais je me ravale,
J'aimerois mieux cent fois être en proie à la gale.
De tes fausses douceurs je reconnois l'abus ;
Adieu Philis, adieu, le temps passé n'est plus.

LA MÉLANCOLIE.

ROMANCE.

Air : *Ma peine a devancé l'aurore.*

De la sombre mélancolie,
Que j'aime la douce langueur !
Le songe incertain de la vie,
Pour moi n'a plus rien de flatteur.
Le mal funeste que j'endure
N'a ni remède, ni retour ;
Que servent l'art et la nature,
Contre les peines de l'amour.

Je sais qu'on peut trouver des charmes
Au malheur qu'adoucit l'espoir ;
Qu'on peut donner de douces larmes
A l'objet que l'on doit revoir.
Mais hélas ! le mal que j'endure
N'a ni remède, etc.

Je voudrois en vain, sur ma lyre
Moduler quelques nouveaux airs ;
Mais la douleur qui me déchire,
M'interdit les chants et les vers.
Au mal funeste que j'endure,
Plus n'est remède, etc.

Tant qu'on n'a pas, de l'inconstance,
Ressenti les vives douleurs,
On peint ses chagrins en romance,
On parle, en vers, de ses malheurs :
Mais quand au mal que l'on endure,
Plus n'est remède, ni retour !
Que servent l'art et la nature
Contre les peines de l'amour.

Par M. LANGLE, *Artiste dramatique, à Brest.*

8

VERS

CONTRE LES NOUVELLES COIFFURES.

LISE, pourquoi tous ces apprêts ?
Les pompons, les colifichets
Dont tu composes ta coiffure,
Lise, pour toi ne sont pas faits :
L'art ne t'embellira jamais,
Comme la main de la nature.
Ce n'est qu'en lui faisant injure,
Que tu nous caches tes attraits
Sous une factice parure.
Laisse plutôt à ta ceinture
Flotter, sous nos yeux satisfaits,
Les boucles de ta chevelure ;
Orne-la de quelques bouquets
Que l'amour aura tout exprès
Cueillis pour toi sur la verdure.
A la beauté naïve et pure,
Un rien donne tant d'agrémens !
Une fleur, un nœud de rubans
Suffit aux grâces pour coiffure.
Ainsi, dans ses jeux innocens,

La jeune et timide bergère,
S'en va guettant sur la fougère
Les premiers boutons du printemps ;
Un bouquet cueilli dans les champs
Lui sied si bien ! elle en est fière.
Cette parure printanière,
Aux yeux de ses tendres amans,
Vient embellir ses dix-huit ans,
Et la leur rendre encor plus chère.
Lise, c'est la mode à Cythère ;
Une rose y fait les honneurs
De la toilette de Glicère ;
Et sur la tête de sa mère,
L'Amour n'arrange que des fleurs.
Aux pressans désirs de nos cœurs,
Lise, cesse d'être contraire,
Quitte ces voiles imposteurs
Qui dérobent à la lumière
Les attraits les plus séducteurs ;
Imite, crois-moi, la bergère
Dans sa parure et dans ses jeux ;
L'art fut fait pour tromper les yeux :
C'est la beauté qui sait nous plaire.

Par M. Huchet, Avocat, à Guingamp.

LE CHÊNE,

FABLE. -

Air à faire.

Un chêne isolé dans une plaine,
    Résistoit aux vents
      Depuis long-temps,
    Mais avec peine.
Cependant, des branches de ce chêne,
    Ces vents, tous les ans,
Faisoient tomber beaucoup de glands.

Grand nombre ayant germé dans la terre,
    Crut et s'éleva :
      On admira
    La pépinière.
Devenus grands, autour de leur père,
    On vit ces enfans
Le défendre des ouragans.

Laisse, toi qui vit dans l'aisance,
    Tomber un peu d'or
      de ton trésor
    Sur l'indigence ;

Et tu verras la reconnoissance
T'entourer de cœurs
Qui seront tes consolateurs.

Par M. LANGLE *, Artiste dramatique, à Brest.*

IMITATION

DE JEAN BONNEFONS,

POÈTE LATIN.

AIGUILLE, que t'a fait la main de ma maîtresse,
Cette main blanche comme un lys?
Que t'ont fait ses doigts si jolis
Pour la traiter avec rudesse?
Ses doigts, ses doigts sont innocens,
Et son cœur est le seul coupable;
Il n'écoute point mes sermens,
Il fut pour moi défavorable.
Ah! quelle gloire en ce jour
Si tu pouvois, aiguille aimable,
Blesser le cœur de la coupable
Que n'ont point effleuré les flèches de l'Amour.

ANNONYME.

A NAPOLÉON.

FRAGMENT D'UNE ODE SUR LA PAIX DE L'AN DIX.

TANDIS que Mars en feu, fait gronder son tonnerre,
Et que de nos débats épouvantant la terre,
Il sème parmi nous, le carnage et l'horreur;
O Paix, fille du Ciel ! toi, de nos cœurs l'idole,
Tu peux, à ta parole,
Éteindre tous les traits qu'enflamme sa fureur.

Tu vois, divine Paix, tu vois couler nos larmes,
Jusque sur les lauriers moissonnés par les armes
de nos héros français, dans l'ardeur des combats :
Étouffe dans ton sein nos discordes funestes,
Et des voûtes célestes
Ramène-nous les biens qui marchent sur tes pas.

Descends, l'olive en main !..... dans nos champs,
dans nos villes,
Viens rendre la vigueur à tous les arts utiles,

Et relever enfin , les débris des autels !
Au dieu de l'Univers , consacre des hommages ,
Qui vengent les outrages
Qu'il reçut , nuit et jour , des parjures mortels.

Change nos ennemis en amis les plus tendres ;
Inspire à nos Césars , comme à nos Alexandres ,
L'immortelle douceur du jeune Phocion.
Un héros n'est jamais plus grand , plus magnanime
Qu'à la leçon sublime
Qu'un vainqueur renommé donnoit à Scipion.

Ah ! reviens parmi nous , un monde entier t'implore ;
C'est le besoin de tous ; la guerre nous dévore ,
Et nous nous consumons sous nos propres lauriers.
A l'aspect déchirant de toutes nos misères ,
Aussi longues qu'amères ,
Mets un frein aux exploits de nos braves guerriers.

Rome avoit déployé le plus mâle courage ,
Tout trembloit à son nom. Près des murs de Carthage ,
Régulus triomphoit , mais il triomphoit mal :
S'il eût conclu la paix , sans doute ce grand homme
Auroit préservé Rome
Des suites d'un orgueil qui lui devint fatal.

Délicieux moment ! une nouvelle Irène,
De nos jours fugitifs , compagne souveraine ,
A comblé tous nos vœux, a proclamé la paix.
Jouis , Napoléon , de ce bonheur suprême
      Qu'on ne doit qu'à toi-même,
Et qui nous rend si cher le plus grand des Français.

D'Astrée et de Saturne on va revoir l'empire ;
Chantez-en le retour , Muses , prenez la lyre ,
Et formez des accords avoués d'Apollon :
Éternisez surtout le nom de Bouaparte ,
      Ce nom digne de Sparte ,
Ce nom dont retentit tout le sacré vallon.

Prêtez à ce Héros votre appui favorable ,
Élevez à sa gloire un monument durable
De guirlandes de fleurs, de lauriers toujours verts.
Que , maîtrisant du sort les volages caprices ,
      Sous vos nobles auspices ,
Il fixe pour toujours les yeux de l'Univers.

          Par feu M. L'ABBÉ L.

LA FIN DU JOUR!

Air : *Le Point du Jour.* (Gulistan.)

La fin du jour
Sait ramener plus d'une jouissance ;
J'entends chanter le point du jour,
Le point à jour, le demi-jour :
Voit-on avec indifférence
La fin du jour ?

La fin du jour
Donne aux amans douce et tendre espérance :
L'ardent et jeune troubadour,
Dont le cœur palpite d'amour,
Attend, avec impatience,
La fin du jour.

La fin du jour,
Dans les bosquets, ramène les bergères ;
Quand Phébus achève son tour,
Cupidon rassemble sa cour,
Cypris choisit pour ses mystères
La fin du jour.

Par M. E. P. , de Quimper.

LE SERMENT.

AIR : *Du partage de la richesse.*

Aux jours heureux de mon jeune âge,
Mon cœur fut séduit par l'amour ;
Simple et naïf dans mon hommage,
Je crus tous les cœurs sans détour.
La beauté fut pour moi l'emblême
De la vertu, de la candeur :
Hélas ! combien, lorsque l'on aime,
On augmente encor son erreur.

L'amitié vint m'offrir ses charmes,
Je suivis un si doux penchant ;
De mes tourmens, de mes allarmes,
C'étoit le terme consolant :
Mais je lui connus des caprices,
Je vis l'intérêt l'agiter.
Je regrettai mes sacrifices,
Et j'appris à n'y plus compter.

Il ne restoit plus que la gloire
Qui pût dissiper mes ennuis :

Mais l'envie, hélas ! la plus noire,
Blesse en secret ses favoris.
D'Apollon le bouillant délire
Vaut encor moins que les amours ;
De dépit j'ai brisé ma lyre,
Bien résolu d'aimer toujours.

Par feu M. Leroux *, de Landerneau.*

MES SOUVENIRS.

Air : *Petits oiseaux, troupe amoureuse.*

J'ai soixante ans, et de la vie
Hélas ! j'ai goûté le plaisir ;
La jouissance évanouie
Ne m'en laisse qu'un souvenir.
Que j'aime, de ma tendre enfance,
A me rappeler le loisir,
Combien, de la pure innocence,
A de charme le souvenir.

A dix-sept ans, la jeune Flore
Étoit l'objet de mon désir ;
Je la perdis à son aurore
Sans en perdre le souvenir.

Jeunes amans que la tendresse
Attache à l'attrait du plaisir,
Hélas ! bientôt de votre ivresse
Vous n'aurez que le souvenir.

Sur ma trop crédule jeunesse
Quelquefois je pousse un soupir,
En me disant dans ma vieillesse,
Ce n'est donc plus qu'un souvenir.
Déjà les glaces de mon âge
Me disent que je dois finir ;
Il faut donc perdre l'avantage
D'un doux et tendre souvenir.

Par M. HUCHET, *Avocat à Guingamp.*

ÉPIGRAMME.

AVIS A UN POÈTE CRITIQUE.

CROYEZ-MOI, laissez la satire.
Vous n'êtes pas un Juvenal,
Et quand on écrit aussi mal,
Ce n'est pas la peine d'écrire.

Par M. J.-L. D., *de Brest.*

A MA NIECE,

POUR

L'ANNIVERSAIRE DE SA NAISSANCE.

ÉPITRE.

ESTELLE, vous avez quinze ans
Et les grâces de ce bel âge;
Vous chanter devient un ouvrage,
C'étoit jadis un passe-temps :
De quelques fleurs, d'une romance
Je vous composois un bouquet;
Mais vous n'êtes plus dans l'enfance,
Et je ne suis plus un muguet.
L'âge, qui pour vous fait éclore,
La rose, le myrthe amoureux,
M'annonce que je suis trop vieux
Pour jouir des présens de Flore !
J'eus bien comme vous un printemps,
Une douce et riante aurore;
Hélas ! je m'en souviens encore
Pour regretter cet heureux temps.
J'arrive au midi de la vie
Quand vous touchez à son matin,

9

Pour vous , sout l'amour , la folie ,
Pour moi , la raison , le chagrin.
Vous voilà rendue à cet âge
Où le cœur commence à sentir ,
A l'âge où l'esprit doit s'ouvrir
Pour vous guider dans le voyage
Du monde qu'il faut parcourir
Par plus d'un dangereux passage.
Ce qu'est votre âge à la beauté ,
Le printemps l'est à la nature ,
C'est le réveil , c'est la parure
De la naissante volupté.
Les jeux , les plaisirs et les grâces
Appartiennent à vos quinze ans :
L'essaim des zéphirs caressans
Va suivre , accompagner vos traces.
Tel , vous voyez le papillon
Folâtrer autour de la rose ,
Telle , à votre jeune saison ,
Sans trop en deviner la cause ,
De nos aimables élégans
Vous allez vous voir entourée.
Tous vous offriront leur encens ,
Et les vœux d'une ame enivrée.

Hélas ! de ce piège trompeur
Ne suivez pas la douce amorce :
L'arbre qui plaît par son écorce
Cache souvent un mauvais cœur.
Dans le chemin de l'existence
Un rien peut faire trébucher ;
Mais la sagesse et la prudence
Vous empêcheront de broncher :
D'un pas sûr on y peut marcher,
Quand on a comme vous, Estelle,
L'amour du bien et des vertus,
C'est un guide toujours fidèle,
Qui, s'il plaît, ne nous quitte plus.
La religion de vos pères
Vous enseigne la loi de Dieu ;
En quelqu'instant, en quelque lieu
Que vous poursuivent les misères
Qui frappent notre humanité,
Soumise à sa toute-puissance,
Méritez par la patience
Son indulgence et sa bonté.
Solliciter de la sagesse
Les conseils dont on a besoin,
Est un devoir, un premier soin

Qui du mal préserve sans cesse.
Ainsi, de vos meilleurs amis ,
(Ils sont tous dans votre famille) ,
Ne balancez point , jeune fille ,
A prendre les sages avis.
On est mauvais juge en sa cause ,
Un autre peut mieux voir que nous ;
Le secret qu'en lui l'on dépose ,
De bien juger le rend jaloux.
Je parle d'un ami sincère ,
Car il en est beaucoup de faux ;
Les distinguer est une affaire
D'où dépendra votre repos.
L'étude vous est nécessaire
Pour lire et voir dans tous les cœurs ;
Seule, elle pourra vous soustraire
Aux pièges des amis trompeurs.
Plaire à tous est presqu'impossible ,
Désirer plaire est de rigueur ;
Quant à votre âge on est sensible ,
Qu'on a la raison , la candeur ,
Que d'une voix douce et flexible
On touche, on sait parler au cœur ,
Plaire à tous semble être possible :

Y trop prétendre cependant
Est présomption ou folie....
Pour l'estime, c'est différent,
On l'achète, dans cette vie,
Par un travail dur et constant.
C'est par l'estime, aimable Estelle,
Que la femme a droit au bonheur,
L'estime embellit la laideur,
Sans elle on ne peut être belle.
Travailler à la mériter,
Devient désormais votre ouvrage,
C'est en jouir que d'être sage ;
Quand on a l'estime en partage,
On n'a plus rien à désirer.

Lorsque plus avancée en âge,
Vous toucherez au doux moment
De voir bénir votre ménage
Et les feux d'un cœur innocent.
Empruntant un autre langage,
Je vous promets d'autres avis,
Et vous en saurez faire usage,
Puisque je suis de vos amis.

Par M. F.-M. B., de Brest.

ÉPITAPHE.

Entre les arts, l'amour et l'amitié,
Sans cesse il partagea sa vie ;
Passant, n'en ayes point pitié,
Son sort fut trop digne d'envie.

Par M. J.-L. D....., de Brest.

L'ÉDUCATION DE LISE.

Air : *Guillot, Guillot, que ce nom m'intéresse.*

Dans un bosquet, sur la verte fougère,
Lise à Lucas, demandoit l'autre jour,
Comment passoit au cœur d'une bergère,
Le trait puissant que nous lance l'amour.
L'on est aimé, l'on aime, on cherche à plaire,
Sans le vouloir souvent on en vient là ;
On veut parler, on n'ose, il faut se taire :
Dis-moi, Lucas, ce qui cause cela ?

Ici, je crois pouvoir te satisfaire,
Répond Lucas, à la jeune Lison,
Viens ; pénétrons dans ce bois solitaire,
Et je joindrai l'exemple à la leçon.

Loin des jaloux, on se presse, on s'agite;
Un feu brûlant nous dit d'en venir là :
L'ame attendrie au plaisir nous invite,
Bientôt on sait ce qui cause cela.

Pour protéger un couple si docile,
En ce bosquet, l'amour vint se gîter.
Grâce à ses soins la leçon fut facile,
Et Lise n'eût plus rien à désirer.
Ne s'occupant qu'à l'instruire et lui plaire,
Lucas souvent, dit-on, en revint là ;
Tant et si bien que la jeune bergère
N'ignore plus ce qui cause cela.

Par M. LANGLE, *Artiste dramatique, à Brest.*

ROMANCE.

AIR : *O Fontenai, qu'embellissent les roses.*

Petits oiseaux, qui sous d'épais feuillages,
Goûtez en paix la vie et le bonheur,
Faites pour moi retentir vos bocages,
Chantez l'objet qui règne sur mon cœur.

Au fond d'un bois où repose sa tête,
Elle respire et l'air en est plus doux.
Petits oiseaux, dites à mon Annette,
Que je voudrois la charmer comme vous.

Dites, pour moi, plaintive tourterelle,
Que comme vous, je gémis sans espoir;
Que je ne puis vivre séparé d'elle,
Et qu'il me faut, ou l'entendre ou la voir.

Par M. Huchet, *Avocat à Guingamp.*

QUATRAIN,

A MADAME J. M.,

en voyant son portrait en miniatnre peint

par Mr. A****.

L'artiste ingénieux qui peignit ton image,
D'en être possesseur fait naître le désir;
Mais, en dépit de l'art qui brille en son ouvrage,
L'original feroit encor plus de plaisir.

Par M. J.-L. D., *de Brest.*

PROFESSION DE FOI

D'UN BRETON.

Air : *Au sein d'une fleur tour à tour.*

Au sein de Cypris, de Bacchus,
Le bonheur fixa son asile,
Chez l'un il s'enivra du jus
Que donne la grappe fertile.
A Cythère, il vit chaque jour
Les fleurs les plus fraîches écloses.....
Buvons, amis, faisons l'amour,
Sans épines cueillons les roses.

Un peu d'amour, un peu de vin,
Dit un des bons Auteurs de France,
Rend notre bonheur plus certain,
Divinise notre existence,
Épicure est de cet avis,
Il nous dit avec la sagesse,
Ménagez les jeux et les ris,
Ils survivent à la jeunesse.

Sans l'amour, point de vrai bonheur ;
Sans le vin, de gaîté sincère :
L'un fait palpiter notre cœur,
Sans l'autre nous ne saurions plaire.
D'où je conclus qu'un bon vivant,
Qui nargue la mélancolie ,
Doit suivre toujours en chantant
Bacchus , l'Amour et la Folie.

Par M. E. P., de Quimper.

A UNE TRÈS-BELLE FEMME,

APPELÉE *LAHAIE.*

ACROSTICHE.

L e portrait de Vénus, cette aimable déesse ,
A qui d'offrir l'encens chaque mortel s'empresse ,
H ier je le croyois émané d'un ciseau
A rtistement conduit, ou d'un docte cerveau ;
I l n'existoit enfin pour moi que dans la fable ;
E n vous fixant, j'ai vu qu'il étoit véritable.

Par M. M....., de Brest.

A MON FILS.

Nul n'a vu tous ses jours filés d'or et de soie ;
Aux dégoûts, aux chagrins l'univers est en proie :
On passe en un moment de la joie aux douleurs,
Le matin dans les ris, et le soir dans les pleurs.
Tu connois le destin des jumeaux de la fable :
Ce couple, tour à tour heureux et misérable,
Après avoir foulé l'olympe radieux,
Et goûté le nectar à la table des dieux,
Victime d'une loi rigoureuse et fatale,
Descendoit tristement sur la rive infernale :
Emblème ingénieux, dont le sens est trop clair !
Le ciel c'est le plaisir, la peine, c'est l'enfer.
Crains d'un lâche repos la fatigue accablante,
Préfère à la mollesse une vie agissante,
A trente ans tu diras, des plaisirs détrompé :
L'homme le plus heureux c'est le plus occupé.
Tout travaille et se meut dans la nature entière ;
Le plus petit insecte agit dans la poussière.
Vois cette eau qui croupit ; l'air en est empesté.
Admire la fraîcheur et la limpidité
De cette onde qui court, par des routes fleuries,
Féconder nos vergers, embaumer nos prairies.

Le temps est un éclair pour le mortel actif ;
Le temps avec lourdeur pèse sur l'homme oisif ;
Mais quelque soit l'état où ton penchant t'appelle,
Que la probité soit ta compagne éternelle :
La réputation est aisée à flétrir ;
C'est un cristal poli qu'un souffle peut ternir.
Le désir de l'honneur à tel point nous anime,
Qu'on veut être estimé de ceux qu'on mésestime.
On peut tout immoler, tout souffrir à ce prix :
On pardonne à la haine et jamais au mépris.
Le monde est une mer qu'agitent mille orages :
J'ai connu des écueils par mes propres naufrages ;
Pilote mal-adroit, mais par ma faute instruit,
Je veux te voir au moins en recueillir le fruit,
Tout mon cœur sur les flots suit ta nacelle errante :
Un souffle du zéphyr me glace d'épouvante ;
Je crois ouïr gronder l'aquilon furieux :
J'implore en ta faveur et les vents et les dieux.
Va, j'empêcherai bien qu'un calcul parricide,
Que souvent forme un fils barbarement avide,
Te fasse supputer le terme de mes jours :
J'en sais un sûr moyen, c'est de t'aimer toujours.
Ton père à ton amour, à ta reconnoissance
A des droits plus sacrés que ceux de ta naissance,

Et, prévenant sans cesse ou comblant tes souhaits,
Il veut régner sur toi par le droit des bienfaits.
Sans être misantrope aime la solitude,
Fais-y du cœur humain la difficile étude :
Que la Rochefoucault, la Bruyère, Charron
T'apprennent à sonder cet abyme profond ;
Qu'ils soient dans tous les temps tes oracles, tes guides :
Ces amis-là, mon fils, ne sont jamais perfides.
L'homme bien rarement se montre tel qu'il est :
En public il est vu sous le jour qui lui plaît ;
Il donne à ses défauts d'élégantes surfaces,
A la difformité l'apparence des grâces ;
Dans ses déguisemens l'amour-propre est subtil :
Celui qui n'a qu'un œil se montre de profil.
Au choix de tes amis sois donc lent et sévère ;
Examine long-temps ; la méprise est amère.
Fuis les excès : l'avare est le bourreau de soi ;
Le prodigue est esclave, et l'économe est roi :
Sans souci, sans terreur il voit le jour renaître ;
Lui seul est bienfaisant, et lui seul il peut l'être.
Sous un vil intérêt ne sois point abattu :
L'argent le cède à l'or, et l'or à la vertu.
Souvent de l'équité la borne est un peu juste :
Qui n'est pas généreux est tout près d'être injuste.

10

D'homme adroit et rusé méprise le renom :
Tout honnête homme est franc ; qui dit fin dit fripon.
Que le destin te soit ou propice ou sévère,
De quelque infortuné soulage la misère ;
Tu le pourras, mon fils. Si tu naquis sans biens,
Apprends l'art d'être utile avec peu de moyens.
Hélas ! ce malheureux, qu'on fuit, qu'on appréhende,
Plaignons-le ; c'est souvent tout ce qu'il nous demande.
D'une oreille attentive écoute ses revers ;
Il aime à raconter les maux qu'il a soufferts.
Si ton cœur ne palpite au récit de ses peines,
Puisse ton sang bientôt se tarir dans tes veines !
Ce souhait est celui d'une ardente amitié :
Il vaut mieux n'être pas que d'être sans pitié ;
Rien ne doit l'étouffer dans une ame sensible.
C'est une vérité peut-être, et bien horrible,
Que l'homme en général naquit fourbe et pervers.
L'intérêt est le dieu qui régit l'univers ;
Je le sais : mais le tien te prescrit l'indulgence,
L'humanité, l'oubli, le pardon de l'offense.
Qu'un orgueil dangereux n'aille point t'abuser ;
Il n'est point d'ennemis qu'on doive mépriser :
Le plus foible souvent suffit pour nous détruire :
Un sot même a toujours assez d'esprit pour nuire.

En consacrant tes jours à de nobles travaux
Tu peux, sans les heurter, dépasser tes rivaux.
Sois hardi dans tes vœux : ce n'est pas au vulgaire,
C'est aux esprits bien faits qu'il faut tâcher de plaire.
De ceux qui ne sont plus on vante les talens :
On n'aime pas les morts, mais on hait les vivans.
Si le ciel t'a doué d'un rayon de génie,
Un jour tu sentiras l'aiguillon de l'envie :
Au mérite, au succès, toujours son fiel se joint :
Travaille à l'exciter, mais ne l'irrite point.
Si tu veux désarmer sa vengeance funeste,
Oppose à sa furie un air humble et modeste :
Ainsi que la pudeur de son doux incarnat,
Colorant une belle, augmente son éclat,
La modestie ajoute au talent qu'on renomme,
Le pare et l'embellit : c'est la pudeur de l'homme.
La modestie enchante, et l'amour-propre aigrit :
C'est par le cœur qu'on plaît, bien plus que par l'esprit.

Par Royou, *de Quimper.*

L'AMANT DÉSESPÉRÉ.

COUPLET A Mʳ. J. F.

Aɪʀ : *Ah ! pour l'amant le plus discret.*

Vɪᴠʀᴇ sans l'espoir de jouir
De l'objet qu'en secret j'adore ;
Jamais pour moi ne voir éclore
La fleur que je voudrois cueillir ;
Souffrir et ne pouvoir le dire,
Étouffer la voix de mon cœur ;
Toujours éloigné du bonheur,
Voilà mon sort et mon martyre.
Par M. Hᴜᴄʜᴇᴛ, *Avocat à Guingamp.*

A MON AMIE, BELLE ET BONNE,

QUI ME DEMANDOIT DES VERS.

Jᴇ vous vis l'autre jour, Madame,
Hier encore je vous vis ;
Aujourd'hui je vous vois, vous êtes dans mon ame,
Vous êtes partout où je suis.

En vous voyant je dus vous trouver belle ,

    Vous l'êtes et chacun le dit ,

    Peut-être on ne l'a point écrit ,

Et moi je l'entreprends pour vous prouver mon zèle

    Plus que pour montrer mon esprit.

En vous parlant , j'aperçus vos beaux yeux

Sur moi fixés ; ils étoient pleins de feu,

Je veux dire du feu dont brûle Cythérée ;

    Mon ame en fût à l'instant pénétrée.

    J'étois amant , je fus heureux....

Votre bouche bientôt., rivale de la rose ,

Étale à mes regards le berceau du plaisir ;

    Oui , c'est la rose à peine éclose

Qu'effleure doucement le souffle du désir.

    Je la voyois à demi-close

Alors même que vous croyiez beaucoup l'ouvrir

    Tant pour vous la bonne Nature

    La fit petite , et de telle façon

    Que du rosier le plus joli bouton

    N'a pas près d'elle une couleur plus pure.

    Mes yeux ont découvert encor ,

    Caché sous ce bouton de rose

    Le plus beau, le plus riche trésor :

Ce sont vos dents , que vous cachez sans cause.

D'un ivoire éclatant et le mieux polissé ,
L'Amour , le Dieu d'amour forma ce bel ouvrage ;
Et quel autre que lui peut l'avoir composé ,
La Nature l'admire et lui rend son hommage.
Du jasmin , votre haleine emprunte la fraîcheur :
C'est un souffle léger , qui, semblable au zéphire ,
  Caresse mollement la fleur ,
 Et porte dans sa tige un flambeau créateur.
 Ce souffle est l'air qu'à Paphos on respire ;
C'est lui qui communique et l'amour et l'ardeur.
  Une haleine aussi pure
Vaut toutes les beautés qu'inventa la nature.
 Avec peine j'ai vu vos superbes cheveux
Dans de nombreux replis, ne formant qu'une tresse,
  Cacher leur grâce , leur finesse ,
 Inutile présent que vous ont fait les Dieux ;
S'ils vous les ont donné , c'est pour un autre usage,
 Vous devriez leur savoir meilleur gré.
Des rayons de Phébus, les lys craignent l'outrage;
 L'éclat de votre teint peut en être altéré ,
 Et vos cheveux lui serviroient d'ombrage.
  Ils orneroient mieux qu'un fichu ;
En boucles , en festons ondoyant sur vos charmes
 Ce sein d'albâtre où malgré vous j'ai vu

De la beauté les plus puissantes armes.
Que de trésors réunis à la fois ;
Auquel Pâris eût-il donné la préférence ?
Long-temps son esprit en balance
Eut suspendu son choix.
Moins beau que lui, plus connoisseur peut-être,
Pour fixer mon choix sans retour,
J'eus seulement besoin de consulter mon maître ;
Et ce maître est l'Amour.
Il m'inspira de vous écrire :
En écrivant j'ai touché votre cœur,
Et bientôt, près de vous, le plaisir me fit dire,
Que mon choix égaloit pour le moins mon bonheur.

ENVOI.

Si quelqu'amant dans son délire ,
Peut quelquefois mieux s'exprimer,
Il ne doit qu'au talent d'écrire
Ce que je dois à l'art d'aimer.

Par Mad. DE V..... *de Daoulas.*

L'ESPÉRANCE.

Le ciel est couvert, ténébreux,
Les éclairs brillent dans la nue,
Les vents bruyans, tumultueux,
Menacent la terre éperdue :
Ainsi, l'implacable douleur,
Les soucis, la crainte cruelle ;
Tout ce qu'on sent loin de sa belle
Assiége mon sensible cœur.

Mais à l'instant, s'offre à mes yeux
Plus pure la voûte azurée ;
Le soleil paroît radieux,
Au loin fuit la nue agitée :
Ainsi, mon trop sensible cœur,
Épuisé déjà de souffrance,
A la lueur de l'espérance
Se sent rappeler au bonheur.

Par M. P. T., de Brest.

LA HALTE DE PARIS,

RONDE

POUR LES GUERRIERS DE LA GRANDE ARMÉE, DINANT A TIVOLI.

AIR : *Ah ! le bel oiseau, maman !*

DANS les plaines de Léon
Volons tous, la charge sonne,
Enfans de Napoléon,
Vous êtes fils de Bellone.
Allons, allons en avant,
C'est la France qui l'ordonne;
Allons, allons en avant,
Et marchons tambour battant.

Sous quel auspice brillant
Je vois s'ouvrir la campagne !
Dirigés par le talent,
La gaîté nous accompagne.

Allons, allons en avant
Boire le bon vin d'Espagne ;
Allons, allons en avant,
Et marchons tambour battant.

Encor une fois l'anglais
Va trouver à qui répondre ;
Peuple ennemi de la paix,
Puisse le ciel te confondre !
Allons, allons en avant ;
Madrid va nous donner Londre ;
Allons, allons en avant,
Et marchons tambour battant.

Au sein des mers, Albion
Esquivoit notre mitraille :
La bonne inspiration
Qui met l'anglais en bataille !
Allons, allons en avant ;
Qu'à la mer l'anglais s'en aille :
Allons, allons en avant,
Et marchons tambour battant.

Devant leur noble étendart,
Nos Légions déchaînées

Verront fuir du Léopard
Les Légions consternées,
Allons, allons en avant,
Il n'est plus de Pyrénées ;
Allons, allons en avant,
Et marchons tambour battant.

Loin par-delà ce détroit
Où de la Grèce crédule
Finissoit le monde étroit,
Je vois l'Anglais qui recule.
Allons, allons en avant ;
En avant est notre Hercule :
Allons, allons en avant,
Et marchons tambour battant.

Quoi ! des Espagnols vaillans
John Bull feroit ses esclaves !
Le trône des Castillans
Vouloit la race des braves !
Allons, allons en avant ;
Règne la race des braves :
Allons, allons en avant,
Et marchons tambour battant.

De Maringo, de Friedland,
Français, achève l'histoire;
Français, un nouvel élan
Pour une nouvelle gloire.
Allons, allons en avant,
Il ne fáut qu'une victoire :
Allons, allons en avant,
Et marchons tambour battant.

Trembles, insulaire jaloux;
Mars vas combattre Neptune :
Si Mars a besoin de nous,
Qui ne suivroit sa fortune ?
Allons, allons en avant;
Au retour, charmante brune.
Allons, allons en avant,
Et marchons tambour battant.

Par M. Th. LAENNEC, Conseiller de Préfecture,
Correspondant du Caveau moderne.

A NINETTE,

QUI DISOIT QU'ELLE N'ÉTOIT PAS ASSEZ

BELLE POUR SE MARIER.

AIR : *Si Pauline est dans l'indigence.*

DE la déesse de Cythère,
Fille sans avoir la beauté,
Peut posséder le don de plaire,
Fixer notre légèreté,
Allumer au fond de notre ame
Tous les feux de la volupté :
Par plus d'un chemin une femme
Nous mène à la félicité.

Des fleurs, la rose est la plus belle ;
Mais on voit l'œillet, le jasmin
Recevoir notre encens comme elle ;
Combien de fleurs ont ce destin !
Contemple l'humble violette ;
Tout le monde aime ses attraits :
Ne crois pas, aimable Ninette,
De l'Amour éviter les traits.

II

La beauté seule au front sévère,
Rend bientôt un cœur inconstant :
Sagesse, esprit, bon caractère,
Fixent toujours le sentiment.
Souviens-toi que l'indifférence
Verse dans l'âme un noir poison,
Et répand sur notre existence
L'horreur de la triste saison.

Par M. J.-M. Baudin *aîné, de Nantes*

ROMANCE.

Air : *Au sein d'une fleur tour à tour.*

Jeune beauté, dont les appas
Égalent les attraits de Flore,
Vous pouvez fixer sur vos pas
Les jeux ; les ris dans votre aurore.
La rose ne brille qu'un jour ;
Son vain éclat est peu durable ;
Vous l'éprouvez à votre tour,
Quand vous négligez d'être aimable. (*bis.*)

Comme le Papillon léger,
L'Amour vole de belle en belle ;

Pour l'empêcher de voltiger,
Il faudroit lui couper les aîles.
Voulez-vous le rendre constant,
Qu'à vos vœux il soit favorable,
Et faire un époux d'un amant?
Ne cessez jamais d'être aimable. (*bis.*)

La beauté peut séduire un jour,
Un instant on lui rend les armes;
Mais les grands airs chassent l'Amour:
Les rides remplacent les charmes.
Si vous perdez quelques attraits,
Soyez plus douce, plus affable;
Et vous ne vieillirez jamais,
En ne cessant pas d'être aimable. (*bis.*)

ANONYME.

PLACET

A S. M. L'EMPEREUR ET ROI.

SIRE, vous m'avez suspendu;
La chose est de sinistre augure:
Quand tous me proclament perdu,
Votre justice me rassure.

Vraiment, je me suis trompé ; mais,
Qui ne perd quelquefois la carte ?
Et pour ne me tromper jamais,
Suis-je un Dieu ? suis-je un Bonaparte ?

Trop certain d'une indemnité,
Dont votre bras va me répondre,
J'attends que votre Majesté
Me nomme son préfet à..., Londre.

Par M. Th. Laennec, *Conseiller de Préfecture à Quimper, Correspondant du Caveau moderne.*

A MADEMOISELLE LOUISE L....

Si malgré sa difformité,
Pour la douceur du caractère,
Azor, charmé d'une jeune beauté,
A Zémir eut le don de plaire :
D'un vain espoir me serois-je flatté,
En ne voulant, belle Louise,
Devoir le bien dont mon ame est éprise,
Qu'à ma douceur, à ma fidélité.

Par M. Langle, *Artiste dramatique, à Brest.*

CHANSONNETTE.

Air : *De la Cavatine* (du Bouffe.)

Chanter, et rire, et boire,
  C'est bien :
Près de l'amour, la gloire
  N'est rien :
Joindre à gaîté, folie,
  Plaisir ;
C'est savoir, de la vie,
  Jouir.

A table il faut pour plaire,
  Conter ;
Il faut, vidant son verre,
  Chanter :
Chantons avec l'ivresse,
  Le vin,
Et qu'amour nous caresse
  Sans fin.

    Par M. J. B., de Brest.

LA CONSCRIPTION.

CHANSON

FAITE POUR LES NOCES D'UN CAPITAINE

DE RECRUTEMENT.

AIR : *Dorilas contre moi des Femmes.*

LA Conscription à Cythère,
Se lève sans difficulté ;
Une jeunesse ardente et fière,
Court s'enrôler chez la beauté ;
Le plaisir assigne les places ,
Jamais on n'y manque à l'appel ,
Dans le beau régiment des grâces
On a l'amour pour colonel.

Quelquefois le jour du tirage,
L'un est plus que l'autre content,
Mais l'on n'y connoît point l'usage ,
De servir en remplacement :
Là, comme ici , tout n'est que chance,
Chacun met la main au chapeau,

Damis, peut-il, en conscience,
Se plaindre de son numéro.

Marie-Anne soyez sans gêne
Sur l'avenir qui vous attend,
En épousant un capitaine,
L'amour vous fait sous-lieutenant:
Le beau jour que l'hymen vous donne !
Quelle douceur pour un guerrier,
Quand dans la main qui le couronne,
Le mirthe s'unit au laurier !

Dans le bataillon de Cythère
Les soldats sont on ne peut mieux,
On y fait toujours bonne chère
Et l'on y couche deux à deux,
L'amour avec cette méthode,
A bientôt des conscrits d'un an ;
Que trouvez-vous de plus commode,
Pour recruter le régiment.

Par M. Huchet, *Avocat à Guingamp.*

POUR LE JOUR
DE MON MARIAGE.

AIR : *Il faut des époux assortis.*

AMANS, voulez-vous être heureux
Dans les liens du mariage,
Ainsi que moi, fixez vos vœux
Sur un objet sensible et sage :
D'un dieu volage et séducteur,
Craignez les penchans infidèles;
S'il offre le parfait bonheur,
Ce n'est qu'à l'abri de ses aîles.

Quels jours promet à son époux,
L'amour d'une fille si tendre !
Que mon sort fera de jaloux !
Mes rivaux cessent d'y prétendre.
En vain on voudroit de ce jour
Troubler les heures fortunées;
L'Hymen, d'accord avec l'Amour,
Vient d'enchaîner nos destinées.

Hymen, propice à notre amour,
De nous, écarte tout nuage ;
Que chaque aurore à son retour,
D'un jour plus beau soit le présage.
Quand tes nœuds enlacent les cœurs,
La vie au bonheur consacrée,
Devient une chaîne de fleurs,
Qu'aucun souci n'a déparée.

Par M. M... , *de Brest.*

LE DÉSIR ET LA JOUISSANCE.

FABLE.

Que j'ai pitié de tes douleurs,
De tes tourmens, de ta souffrance !
Disoit un jour la Jouissance
Au Désir qui versoit des pleurs.
Je puis combler ton espérance,
De tes maux arrêter le cours,
Et de l'objet de tes amours
Faire cesser la résistance.
Viens avec moi ; viens, sois heureux ;
Viens, je suis ta meilleure amie....

Séduit par ces mots doucereux,
Le Désir tremblant et timide
Cède.... à l'instant le malheureux
Expire au sein de la perfide.

Par M. B., de Morlaix.

IL FAUT AIMER CE QUE L'ON A.

AIR : *Il faut s'accoutumer à tout.* (Menzicoff.)

L'HOMME est-il donc mis sur la terre
Pour tout vouloir, tout désirer ?
Ce qu'il n'a pas seul peut lui plaire,
Ce qu'il a ne peut le flatter.
Pour jouir, voilà mon systême,
Mon refrain, mon *nec plus ultra* ;
Quand on n'a pas ce que l'on aime,
Il faut aimer ce que l'on a.

Le soldat, après la victoire,
Voudroit qu'on le fit général ;
Comme lui, jaloux de la gloire,
L'abbé veut être cardinal.
Maint bourgeois, ô sottise extrême !
Veut baronie ou marquisat ;

Quand on n'a pas ce que l'on aime,
Il faut aimer ce que l'on a.

Damis a femme aimable et belle,
Hélas! Églé ne lui plaît pas.
Damis voudroit être infidèle;
Il cherche de nouveaux appas.
Il vit Cloris. Hors de lui-même,
En vain Damis se déclara :
Quand on n'a pas ce que l'on aime,
Il faut aimer ce que l'on a.

Constance veut du mariage ;
Son choix est fait, c'est Lisimon.
Dorville a du bien en partage;
C'est lui qu'elle épouse, dit-on :
Un prince, pour un diadême,
S'il la demande, l'obtiendra.
Quand on n'a pas ce que l'on aime,
Il faut aimer ce que l'on a.

Un buveur, du jus de la treille,
Connoît le crû le plus vanté ;
Mais quand sa couleur est vermeille,
Qu'importe son goût, sa bonté ?

Le verre en main, comme moi-même,
A mon toast il répondra,
Quand on n'a pas ce que l'on aime,
Il faut aimer ce que l'on a.

Par M. F.-M. B, de Brest.

A MA FEMME,

EN LUI ENVOYANT SON PORTRAIT.

Air : *De la Paille.*

Si l'Amour malin, de créer,
Ne m'eût refusé la science, *
Ce portrait pourroit remplacer
Celui dont tu pleures l'absence;
Car de Pygmalion, rival,
Formant un vœu sans doute impie,
Des feux que sent l'original,
J'aurois animé la copie.

Par M. M., de Brest.

* L'Auteur n'a pas d'enfans.

ARTHÉMISE et MAUSOLE,

CONTE DU VIEUX TEMPS,

Adressé par un homme du vieux temps
à une Arthémise moderne.

MADRIGAL

A MADEMOISELLE ARTHÉMISE DUBOIS
BERTHELOT, DE SAINT-BRIEUC.

DE son empire heureux, Arthémise, autrefois,
Aux grâces, aux vertus, laissoit guider les rênes.
Républicain, je détestois les rois.
Mais si vous m'écoutez, vous aimerez les reines,
Mausole eut son amour, il eut bientôt ses pleurs :
Il mourut, et sa veuve, à jamais désolée,
Par le faste des arts, consacra ses douleurs :
La tombe en a reçu le nom de Mausolée.
O vous, dont un regard à décidé mon sort,
Vous qui tournez ma tête grise,
Pour m'aimer, trop chère Arthémise,
N'attendez pas que je sois mort.

Par M. Th. LAENNEC, *Conseiller de préfecture
à Quimper, Correspond^t. du Caveau moderne.*

12

L'AMATEUR DE ROSES.

ANECDOTE BRESTOISE.

Du jardinage , un amateur ,
Étonné de voir que ses roses
Devenoient la proie du voleur ,
A peine étoient-elles écloses ,
En souffroit amère douleur.
Il veut saisir le téméraire ,
Auteur de cet affreux larcin :
Plus n'avoit sa jeune bergère
De roses pour orner son sein :
Jugez quelle étoit sa colère.
Pour punir un tel attentat ,
Sorti du lit avant l'aurore ,
Il voit le monstre qu'il abhorre ,
Celui qui son jardin déflore ;
Le misérable étoit...... un Chat !
Il le prend, et dans sa cervelle ,
Il cherche comment le punir :
Ce seroit trop que de l'occir.
Il coupe une forte ficelle ,
Il en ceint le corps du Matou ;
Puis il lui place sur le cou

Des inscriptions le modèle.

« Passans, ne pleurez point son sort,

» Il détruisit la parure des grâces,

» Il étoit digne de la mort.

» De sa punition, beautés, rendez-moi grâces,

» Passant, ne pleurez point son sort ».

Au Chat il met bouchon de paille,

Pour l'empêcher de miauler,

Et puis sur le Champ-de-Bataille,

Une heure il le fait promener.

Dans son jardin, enfin, il rentre ;

En lui notre homme se concentre,

Puis au Chat il tient ce discours :

« Pour toi je ne prends nuls détours,

» Si je t'ai puni d'importance,

» Tu le méritois, vilain Chat,

» Mieux vaut que tu prennes un Rat;

» Avec lui tu feras bombance ;

» Mais de mes fleurs fais abstinence :

» Si de mes rosiers, mes amours,

» Tu viens détruire l'espérance,

» Je te le promets pour toujours,

» Je te déporte à Recouvrance ».

ANONYME.

SUR LA MORT DE DEUX ÉPOUX.

ROMANCE.

Air : *La douce clarté de l'aurore.*

Toi que j'aime plus que la vie,
Toi, de qui dépend mon bonheur,
De moi-même, moitié chérie,
Ne crains pas de perdre mon cœur.
Partout je verrai ton image ;
Et chaque jour plus amoureux,
Je jure de t'offrir l'hommage
D'un cœur sensible et vertueux.

Ainsi, près de quitter la France,
Lorsange exprimoit son ardeur
A la jeune et tendre Constance
Que troubloit sa vive douleur ;
Il part : la trompette guerrière
L'appelle bientôt aux combats ;
Et son front, couvert de poussière,
Tombe sous la faulx du trépas.

Loin de l'objet de sa tendresse,
Constance livrée aux soucis,

En tous lieux revoyoit sans cesse
Le plus adoré des maris.
Un soir.... ô ciel ! dans les ténèbres,
Constance l'a revu sanglant ;
Et l'orfraie, à ses cris funèbres,
Mêle les soupirs d'un mourant.

C'en est fait.... Constance succombe,
Victime de son désespoir ;
Elle veut que la même tombe
Se r'ouvre pour la recevoir.
A ses vœux, l'amitié fidelle
La mit dans le même cercueil.
Vous qui savez aimer comme elle,
Jeunes beautés, prenez le deuil.

Par M. J.-L. D...., de Brest.

INVOCATION AU SOMMEIL.

MORPHÉE, en sommeillant, fais-moi voir mon Iris ;
Et si, dans cette nuit, je voyage à Cythère,
Fais que je sois reçu jardinier de Cypris,
Pour sans cesse arroser les fleurs de son parterre.

Par M. LANGLE, Artiste dramatique, à Brest.

MES VOTES

SUR L'ÉLÉVATION DE BONAPARTE A L'EMPIRE.

A nos vœux prolongés le sort daigne sourire.
Le despotisme tombe et l'anarchie expire.
Du pouvoir paternel serrons le doux lien
Que brisa le transport d'un farouche délire.
Gloire à Napoléon ! la Liberté respire
      Sous un Empereur citoyen.

TRADUCTION EN VERS LATINS
DE LA PIÈCE PRÉCÉDENTE.

En nostris tandem arridet sors prospera votis.
   Ecce tyrannis abest ; et fugit ecce scelus....
Vincla potestatis nectantur amica paternæ,
   Vincla furore priùs dissociata truci.
Laus tibi Napoleo ! Libertas vera refulsit.
   Augusto cives, cive regente suos.

Par M. Th. Laennec, *Conseiller de Préfecture à
Quimper, Correspondant du Caveau moderne.*

LA FONTAINE DE JOUVENCE.

A Me. DE CAMBRY, NÉE LE BOURGEOIS,
DE LORIENT.

Ils disoient donc , ô ma chère payse ,
En insultant aux fleurs qui parent ton été ,
   Dans nos ébats elle n'est plus de mise ;
   Passé vingt ans , il n'est pas de beauté.
   Va dans ton sein renfermer ta disgrâce :
   Brillantes chaque jour par de nouveaux attraits ,
   Neuf de tes sœurs règnent sur le Parnasse.
   Femmes d'esprit ne vieillissent jamais.

   Par M. Th. Laennec , *Conseiller de Préfecture*
     à Quimper , et Correspondant du Caveau
     moderne.

HYMNE AU SOLEIL.

   O toi , qui d'un regard , vois la nature entière ,
Salut , Astre brillant , père de la lumière :
Salut , flambeau du jour , par Dieu même allumé ;
Tes bienfaisans rayons , de ton trône enflammé ,
Sans cesse répandant une clarté féconde ,
Reviennent embellir et réchauffer le monde ;

Quand ton char éclatant, sortant du sein des mers,
Se montre et rend la vie à ce vaste Univers,
Devant tes feux naissans les étoiles pâlissent,
Devant tes feux naissans, leurs feux s'évanouissent;
Ton front paroît lançant des torrens lumineux :
Tout luit de ton éclat sous la voûte des cieux.

A l'aspect radieux du roi de la nature,
La terre tressaillit. Par un joyeux murmure,
Les oiseaux, dans les airs, annoncent leur réveil;
Tout secoue, en riant, les pavots du sommeil.
La cime des forêts, le sommet des montagnes,
Réfléchissent ses feux dans le fond des campagnes;
La rose, humide encor des larmes du matin,
Aux baisers de Zéphire, abandonne son sein;
Le ruisseau murmurant sur un lit de verdure,
Promène mollement son onde fraîche et pure.
Il caresse ses bords de ses flots amoureux;
O Soleil! son cristal se dore de tes feux.
Le laboureur actif a quitté sa chaumière,
Et déjà, sous sa main, le soc ouvre la terre.
Dans les prés émaillés bondissent les troupeaux,
Le berger sur la mousse accorde ses pipeaux;

La Nature sourit et bénit ton empire :
Tout se livre aux transports que ta présence inspire.

Tu t'avances bientôt d'un pas majestueux,
Et le ciel embrâsé resplendit de tes feux.
C'est alors, ô Soleil, qu'au milieu de ta course,
Des plus riches trésors, tes rayons sont la source.
Dans les champs de Cérès, tu dores les moissons,
Tu dispenses les jours, les ans et les saisons ;
Tu nous offres de Dieu la plus parfaite image :
Tous les êtres, Soleil, t'apportent leur hommage ;
Et des peuples jadis (bien excusable erreur),
Devant toi, prosternés, te croyoient leur auteur,
Imploroient ton secours, et dans leurs sacrifices,
Des fruits mûris par toi, consacroient les prémices.
Tout passe et se détruit, tel est l'arrêt du sort ;
Seul tu braves les coups du temps et de la mort.
Dans l'immense Univers que ton regard embrasse,
Que de mondes, Soleil, suspendus dans l'espace :
Tous, de tes feux brillans, empruntent le secours,
A pas toujours égaux, te suivent dans ton cours :
Tu les effaces tous. Dans ta vive lumière,
Qui peut te contempler sans baisser la paupière !

Quel spectacle nouveau vient enchanter mes yeux,
En pourpre s'est changé l'azur brillant des cieux ;
Un déluge de feu semble inouder le monde ,
Le ciel comme allumé , se réfléchit dans l'onde ;
Des sillons éclatans se tracent dans les airs....
Ton char va se plonger dans l'abîme des mers.
Tu ne t'arrêtes pas ; de tes clartés fécondes ,
Tu vas bientôt , Soleil , éclairer d'autres mondes.
Déjà le laboureur , suspendant ses travaux ,
Se livre sous le chaume au paisible repos :
Déjà la Nuit vers nous roule son char d'ébène ;
L'oiseau se tait caché sous la feuille du chène.
Derrière les forêts , la Lune au front d'argent ,
Sous un ciel azuré , se lève à l'orient ;
Mille Astres de la Nuit embellissent les voiles ,
Et tu brilles encor sur le front des Étoiles ;
Tu prêtes à Phébé ses rayons éclatans ,
Demain , tes feux encor renaîtront plus brillans.

ANONYME.

LE PAPILLON.

FABLE.

Pour la première fois, voyant une chandelle,
Un jeune Papillon pensa que sans danger,
    Près d'elle il pouvoit voltiger.
    La croyant une fleur nouvelle,
    Il se mit donc à cajoler
    Cette dangereuse femelle;
    Mais à force d'en approcher,
Notre étourdi trouva ce qu'il venoit chercher.
    En volant sans cesse autour d'elle,
    Il y perdit bientôt une aîle,
Et le moment d'après, finit par s'y brûler.
O vous qui de Vénus voulez suivre les traces,
Craignez, fuyez ses appas séducteurs;
Si le plaisir accompagne les grâces,
Il est souvent mêlé d'amertume et de pleurs.

Par M. J.-L. D., de Brest.

A MADEMOISELLE P.,

A QUI L'AUTEUR FAISOIT PRÉSENT

D'UN LIVRE.

CHAQUE âge a ses travaux, chaque âge a ses loisirs;
　　　Le tien, jeune et charmante amie,
　　　Est le plus heureux de la vie;
C'est celui de l'étude et celui des plaisirs.
　　　Au printemps, la timide abeille
　　　Moissonne le parfum des fleurs;
Contre un dur avenir, sa vigilance veille,
　　　Elle en redoute les rigueurs.
La fourmi, dans l'été, compose sa demeure,
Et rien, pendant l'hiver, ne manque à ses besoins:
Bien plus sage que nous, elle travaille une heure
Pour jouir près d'un an, du prix de quelques soins.
　　Ainsi l'homme devroit, guidé par la sagesse,
　　　S'instruire dans ses jeunes ans;
　　　Rien ne plaît tant à la vieillesse,
Que le doux souvenir du bon emploi du temps.

　　　　　　　Par M. G. B., de Brest.

A MADEMOISELLE J. L.

Vous qui causez mon martyre ,
Vous , dont les traits enchanteurs ,
De mon amoureux délire
Furent les premiers auteurs ;
A ce dieu qui vous caresse ,
Vous avez trop résisté :
Cessez de fuir la tendresse ,
Elle ajoute à la beauté.

C'est pour vous que je respire ;
Peut-il être un sort plus doux ?
Chaque fois que je soupire ,
Ma Lucette , c'est pour vous :
Plein de votre seule image ,
Elle entretient mon ardeur ;
Vous adorer sans partage ,
Est désormais mon bonheur.

Pour vous , ma flamme est extrême ,
Rien n'arrêtera son cours :
Malgré tout , malgré vous-même ,
Je vous aimerai toujours ;

13

Et si votre cœur rebelle
Ne peut se laisser fléchir,
Vous saurez bientôt, cruelle,
Comme un amant sait mourir.

Par feu M. Coquelin *, de Brest.*

L'ORIGINE DE L'INCONSTANCE.

Air : *Quand l'Amour naquit à Cythère.*

Je veux chanter l'indifférence,
Et lui livrer mes jeunes ans ;
Aux sots appartient la constance,
Quel est le plaisir des amans ?
Dans les fers d'une enchanteresse,
Sans se plaindre, long-temps gémir,
Et flatter la main qui les blesse,
Quoi donc ! est-ce là le plaisir ?

Bientôt la sombre jalousie
Trouble l'esprit et la raison ;
Femme en tout veut être obéie :
Jamais il ne faut dire non.
Qui veut, dans son adolescence,
Aux ris, aux jeux s'abandonner,

Doit se livrer à l'inconstance,
Près d'elle on les voit folâtrer.

Croyez ce que je vous raconte ;
J'ai lu certain chroniqueur :
Certes, ceci n'est point un conte,
Qu'un jour Vénus, en bonne humeur,
Près Bacchus étant en goguette,
Et du vin chantant les douceurs,
Bacchus, de fleurette en fleurette,
Obtint de Vénus les faveurs.

Neuf mois écoulés, Cythérée,
L'œuvre de Bacchus mit au jour ;
Inconstance fut appelée
La sœur des Grâces, de l'Amour.
Pour elle on déserta Cythère :
Tous les Dieux suivirent ses pas,
Et toute la cour de son frère,
Pour eux bientôt n'eut plus d'appas.

Nous n'avons rien de mieux à faire,
Suivons donc l'exemple des Dieux ;
Des amans, plaignons la misère,
Et chaque jour rions nous deux.

Être amoureux, ce n'est pas vivre,
C'est perdre toute liberté ;
Car lorsque l'Amour nous enivre,
Adieu folie, adieu gaîté.

Anonyme.

LE RETOUR.

Enfin, je vous revois, témoins de ma tendresse,
Lieux enchantés, où, dans mes jours d'ivresse,
    Je venois goûter la douceur
    D'une tendre mélancolie.
    Tout ici rappelle à mon cœur
    Ces trop courts instans de ma vie.
Chaque pas est marqué par de doux souvenirs !
L'écho qui dit mes vers, répétoit mes soupirs.
Contre les feux du jour, cette obscure chaumière
Nous prêta quelquefois son ombre hospitalière.
    Dans le cristal de ces ruisseaux
    De Cloris je voyois l'image ;
    C'est sous ce groupe d'arbrisseaux,
Que j'osai de l'amour essayer le langage.
    Dans ces champs par elle embellis,
    Parmi les dons qu'étale Flore,

Si vous trouvez quelques soucis,
Mes larmes les ont fait éclore.
Muse, suspendez vos accords,
Ici je veux briser ma lyre ;
Ne troublez plus, par vos transports,
La douleur que ce lieu m'inspire.
Elle reçut ici mes sermens, mes adieux,
Quand, trompant mon espoir, le sort m'éloigna d'elle,
Bien mieux que vous, les pleurs qui mouilleront mes yeux
Vont apprendre à Cloris que je reviens fidèle.

Par M. M., de Brest.

A MADEMOISELLE CAROLINE L. B.....

AIR : *Lorsque dans une tour obscure*

ACROSTICHE.

C harmante et dans l'âge de plaire,
A u tendre amour, livrez vos sens ;
R ivale heureuse de sa mère,
O n verra bientôt mille amans,
L iés par les plus fortes chaines,
I ntéressés à vos plaisirs,
N e soupirer que de vos peines,
E t combler vos moindres désirs.

Par M. J.-L. D., de Brest.

LA RENONCULE
ET LA VIOLETTE.

FABLE.

DANS les états de Flore, au milieu d'un parterre,
    Où l'art unissoit son secours ,
(Car la simple nature , hélas ! ne sait nous plaire)
    Certaine Renoncule étaloit ses atours ;
    Elle étoit belle autant que fière !.....
Et c'est de la beauté la foiblesse ordinaire.
Près de cette orgueilleuse , une modeste fleur ,
    Ou pour mieux dire , une fleurette ,
    (Il faut réduire tout à sa juste valeur)
    J'ai su depuis qu'elle a nom Violette.
    Or , une Violette éclose par hasard ,
    Croissoit au pied de notre fleur superbe ,
Et contre ses dédains n'avoit d'autre rempart ,
Que les foibles tissus de deux ou trois brins d'herbe
    Qui verdissoient sous l'arrosoir.
    Comme la timide bergère ,
Simple dans ses atours , belle sans le savoir,
    Elle embaumoit tout le parterre.
    On dit de plus , que d'une aîle légère ,

Le Zéphire accouroit se parfumer le soir,
　　De sa vapeur odorifère ;
　　Puis la portant au céleste manoir,
La mêloit au nectar du maître du tonnerre.
　　« Vil avorton, prosterne-toi,
　　(Lui dit un jour la Renoncule)
» Tu n'es point fait pour être mon émule,
» Et tu naquis pour ramper devant moi ;
　　» Baisse le front devant ta souveraine,
　　» Et rends grâces à ma bonté
　　» Si je veux bien prendre la peine
　　» De te souffrir à mon côté ».
　　« Pardon, répond la Violette,
　　» Je connois ma témérité ;
　　» Mais devant votre Majesté,
　　» Je ne courberai point la tête.
　　» Si le Destin, dans sa faveur,
　　» Te donne sur moi l'avantage
　　» De la taille et de la couleur,
　　» Reine.... en dépit de ta hauteur,
　　» Sois un peu plus prudente et sage,
» Et souviens-toi que tu n'as point d'odeur ».
　　Notre Renoncule, confuse,
　　Sécha, dit-on, de désespoir.

C'est ainsi que l'homme s'abuse ;
Je lui présente le miroir.
Tel, sous de beaux habits, croit valoir quelque chose.
Qui le cède en mérite, à moins brillant que lui ;
    Pareil exemple est fréquent aujourd'hui.
    Que de chardons sous des feuilles de rose !....

Par M. LANGLE, Artiste dramatique, à Brest.

LE MARDI GRAS.

AIR : *Tout Paris connoît ma boutique.* (Fanchon.)

DE Mardi-Gras, faisons la fête,
A ce beau jour, rien n'est égal ;
A le chômer, que l'on s'apprête,
C'est le dernier du Carnaval.
    Mercredi des Cendres
    Arrive demain,
    Restons tous l'attendre
    Le verre à la main.

Eh quoi de mieux que cette table ?
Entre le vin, les jeux, les ris,
On goûte un plaisir délectable.
Faut-il donc que malgré nos cris,

Mercredi des Cendres
Arrive demain;
Restons tous l'attendre
Le verre à la main.

Après une fête si belle,
Il faut jeûner pendant deux mois;
Cette sentence est bien cruelle!
Répétons donc à pleine voix:
Mercredi des Cendres,
Arrive demain;
Restons tous l'attendre
Le verre à la main.

Que nous aurons la face blême!
Et pourquoi Dieu ne fit-il pas
Des quarante jours de Carême,
Quarante jours de Mardi-Gras?
Tout ce temps à table,
Nous eussions été,
Et jàmais le diable
Ne nous eût tenté.

ANONYME.

L'AMANTE ABANDONNÉE.

Tant qu'à ton ardeur vive et feinte,
J'opposóis la loi du devoir,
Tes soins, tes allarmes, ta crainte
Peignoient partout ton désespoir :
Alors, mon âme étoit paisible,
Et toi seul étois malheureux;
Pour avoir été trop sensible,
Mon bonheur cesse avec tes feux.

Tout est changé dans la nature :
Cès prés, ces gazons, ces côteaux,
Dont j'admirois tant la parure,
Aujourd'hui me semblent moins beaux.
Telle est l'illusion extrême
Des feux qu'un tendre cœur ressent ;
Tout l'enchante avec ce qu'il aime,
Tout lui déplaît s'il est absent.

Ni tes sermens, ni ma tendresse,
Ingrat, n'ont pu te retenir ;
Ah ! si tu blâmois ma foiblesse,
Etoit-ce à toi de m'en punir ?

A toi , dont la bouche parjure ,
Exprimoit tant d'empressement ;
Tu donnois tout à la nature ;
Moi , je cédois au sentiment.

Mais pourquoi , d'un amant volage ,
Retracer l'infidélité ?
Son souvenir est un outrage
Que mon cœur fait à la beauté.
De ce perfide que j'abhorre ,
Osons , enfin , nous délier;
Le haïr , c'est l'aimer encore ,
Et je ne dois que l'oublier.

Par feu M. COQUELIN , *de Brest.*

INSCRIPTION

POUR LE PORTRAIT DE MADAME MIOLLIS.

Pulchro veniens in corpore virtus.

C'EST le pur lys des champs, c'est la rose nouvelle;
Sous des traits aussi beaux, que la sagesse est belle!

Par M. Th. LAENNEC , *Conseiller de Préfecture ,
à Quimper, Correspondant du Caveau moderne.*

ÉPITAPHE

DEMANDÉE

PAR UNE DAME DE MORLAIX,

pour son chien nommé Tarare.

ARRÊTE, voyageur, Tarare ici repose !
De Son trépas subit, veux-tu savoir la cause ?
Il mourut de chagrin, lorsque Cadet-de-Veaux
    Imagina les bouillons d'os.

Par M. BARBÉ *, de Brest, Capitaine d'artillerie.*

A LA PERFIDE.

CRUELLE ! j'ai vu dans tes yeux
Une étincelle de la flamme
Qui jadis consumoit mon âme,
Et me rendit si malheureux.

J'ai vu dans tes regards timides,
Le serpent qui ronge ton cœur ;
J'ai vu tes remords, ta douleur,
Le supplice des homicides.

Un Dieu juste m'a donc vengé !
Ah ! mon cœur s'y devoit attendre :
Je t'aimois d'un amour trop tendre ;
Pour mériter d'être outragé.

Victime de ta perfidie,
Je gémis et souffre pour toi ;
Tes chagrins viennent jusqu'à moi ;
Ils font le tourment de ma vie.

Voilà celui que tu trompas,
Vois, si son âme étoit sincère.
Tes maux font toute sa misère,
Lui seul ne t'en accuse pas.

Tu viens de r'ouvrir la blessure
Que tes mépris pouvoient guérir ;
Tes regrets et ton repentir
Me font oublier ton parjure.

14

Ce feu que je croyois éteint,
Malgré ma raison se rallume :
Il me dévore, il me consume ;
Je veux l'éteindre, ah ! c'est en vain.

Ton image en mon cœur tracée,
Sans cesse à mes yeux vient s'offrir :
Ah ! si je pouvois te haïr,
Tu sortirois de ma pensée.

Un dieu puissant me fait la loi :
Je t'aimois.... ah ! je t'aime encore ;
Quand tu me trahis, je t'adore :
La haine est trop forte pour moi.

Ta vue inspire ma pitié,
Ta pâleur désarme mon âme :
Je vois une coupable femme ;
Mais son forfait est oublié.

Vas, je te plains, je te pardonne ;
Si le ciel comble mes souhaits,
Il t'accordera ses bienfaits :
A ses faveurs je t'abandonne.

Par M. G. B.

MES ADIEUX

AU LYCÉE DE MAYENCE.

« La voix de la Patrie aujourd'hui nous appelle :
» O vous que j'ai formés ! vous mes fils, me dit-elle,
» Le moment est venu de m'apporter les fruits
» Dont j'ai nourri le germe en vos jeunes esprits,
» Sous vos pas va s'ouvrir une vaste carrière.
» D'un généreux élan franchissez la barrière ;
» Venez, et que bientôt mes enfans soient heureux
» De me payer les soins que j'ai versés sur eux. »
    Impatiens, émus à cette voix chérie,
Fiers de pouvoir enfin servir notre patrie,
Nous tressaillons de joie, et brûlons de voler
Où ses ordres sacrés nous voudront appeler.
Mais, quand un zèle ardent et m'anime et m'enflamme,
Quel sentiment profond vient attrister mon âme ?
O patrie ! à mes yeux pardonne quelques pleurs,
Lorsqu'il faut m'arracher à ces murs protecteurs,
A ces murs fortunés, séjour de l'innocence
Où, dans un calme heureux, s'éleva notre enfance ;
Asile du bonheur, où nos jeunes travaux
Rendoient délicieux un utile repos.

Tu te fermes pour moi, paisible sanctuaire,
Où j'ai vu des beaux arts éclater la lumière ;
Enceinte impénétrable aux vices corrupteurs,
Où venoient se briser leurs souffles destructeurs,
Tu ne défendras plus ma jeunesse timide.
C'en est fait désormais, sans appui, sans égide,
Sous les lois du destin, où je suis enchaîné,
A des dangers nouveaux je me vois entraîné.
O ! qui me guidera ; quel astre tutélaire
Fera luire à mes yeux sa clarté salutaire ?
Mais, ô vaine frayeur ! loin de nous ces ennuis.
Tels que ces feux brillans qui, dans l'ombre des nuits,
De leurs reflets nombreux prolongés sur les ondes,
Dirigent des nochers les barques vagabondes ;
Les flambeaux immortels qu'a remis en nos mains
L'étude, cet appui des fragiles humains,
En tous lieux, sur nos pas, éclateront sans cesse.
O Lycée, en tes murs, la voix de la sagesse
Souvent s'est fait entendre à nos cœurs attendris,
Ses principes sacrés ont frappé nos esprits.
Forts de leur influence, à leur sainte lumière,
Toujours de la vertu nous suivrons la bannière ;
Le monde alors en vain grondera contre nous,
Sans en être abattus, nous recevrons ses coups.

Avenir, qu'aux mortels cacha la providence,
Je ne saurois sonder ta profondeur immense;
Mais, d'un pas intrépide, au sentier de l'honneur,
Qui sert bien son pays doit trouver le bonheur.
O Lycée! ainsi donc, sous tes heureux auspices,
Nous pourrons sûrement braver les précipices.
Illustres magistrats, dont les soins vigilans
Ont protégé nos pas foibles et chancelans;
Et vous que les bienfaits ont rendu notre père,
Qui portiez devant nous l'égide tutélaire;
Et vous de qui le zèle excitant nos efforts,
A daigné nous ouvrir ces précieux trésors,
Où les siècles passés offrent, avec largesse,
Aux siècles avenirs leur immense richesse;
Organes révérés, du savoir, des vertus,
Faudra-t-il donc, hélas! ne vous entendre plus!
O généreux soutiens des jours de notre enfance,
Recevez les adieux de la reconnoissance:
Recevez nos adieux, ô compagnons chéris,
Qu'avec nous si long-temps la patrie a nourris.

O de ce siècle heureux la merveille et la gloire!
Toi dont les temps futurs admireront l'histoire,
O grand NAPOLÉON, permets que tes enfans
T'apportent le tribut de cœurs reconnoissans.

Quand le monde surpris , à ta seule présence ,
Garde , plein de respect , un auguste silence ;
Pardonne , si , troublé d'un soin religieux ,
Je n'ose point chanter tes faits prodigieux.
Hélas ! ma foible muse éblouie et tremblante ,
Touchant de tes lauriers la couronne éclatante ,
Ne pourroient qu'en ternir les fleurons immortels ;
Mais parle , dicte nous tes ordres paternels.
Oui , quelque soit le poste où le sort nous engage ,
De notre amour pour toi tes bienfaits sont le gage.
Parle ; nous sommes prêts : ordonne de nos jours ;
L'honneur de te servir embellira leur cours.

Par M. Germain Boullé , *de Napoléon-ville.*

IMPROMPTU A JUSTINE.

En lui offrant pour étrennes un Vase de
porcelaine enrichi de vermeil.

Vénus ne boit , la fable le public ,
Qu'en un beau vase enrichi de vermeil.
Comme Vénus , ayant bouche jolie ,
Vous devez boire en un vase pareil.

Par M. Langle, Artiste dramatique , *à Brest.*

ÉLOGE DE L'EAU.

RÉPONSE A L'ÉLOGE DU VIN.

AIR : *Cœurs sensibles, Cœurs fidèles.* (de Figaro.)

Qu'un joyeux breton à table
Chante l'éloge du vin,
Loin de le trouver blâmable,
Je répète son refrein.
Mais pour le rendre traitable,
Et rafraîchir son cerveau,
Au vin je mêle de l'eau. (*bis.*)

Tel marchand vend et trafique,
Les prémices de Bacchus,
Qui voit garnir sa boutique
Et pululer ses écus.
On lui prend une barrique
Et trop souvent un tonneau,
Où le vin nage dans l'eau. (*bis.*)

Qu'est-il de plus beau que l'onde ?
Qu'en la créant, le Seigneur,
Sût rendre service au monde,
Sans eau qu'eût fait le nageur ?

Autour de la mappemonde,
Iroit-on dans un bateau,
Si le ciel n'eût pas fait l'eau ?   (*bis.*)

L'eau fertilise la plaine ,
Les prés , les champs et les bois :
Otez à Paris la Seine ,
C'est tout lui ravir , je crois.
Grâce à la source prochaine ,
Jean voit tourner son moulin ;
Sans eau boiroit-il du vin ?   (*bis.*)

Ce crâne , ce téméraire ,
Qui menace et fait grand bruit ,
Au vin a dû sa colère.
Il a bu , mais point joui ;
Avec un tel caractère ,
Quand on boit le jus divin ,
On met de l'eau dans son vin.

L'eau nous parvient de la terre ,
Elle nous tombe des cieux ;
L'homme accablé de misère ,
La sent couler de ses yeux :

Notre âme, vive et légère,
Nage au milieu d'un tonneau,
Que le ciel a rempli d'eau.　　　(bis.)

Pour oublier l'inhumaine,
L'amant s'abreuve au Léthé;
Le poëte, à l'hypocrène,
Puise la fécondité:
De Jouvence, la fontaine
Offre un miracle plus beau;
Pourtant ce n'est que de l'eau.　　(bis.)

Vous pour qui j'ai pris ma lyre,
Et fait l'éloge de l'eau,
Pardonnez à mon délire,
Un langage si nouveau:
Pour appaiser mon martyre,
Versez moi de ce margau.....
Vous me voyez tout en eau.　　(bis.)

Par M. F.-M. B,, de Brest.

LES REGRETS.

AIR : *O ma tendre musette.*

Un ingrat m'abandonne ,
C'est pour un autre objet,
Reviens , je te pardonne ,
Reviens , que t'ai-je fait ?
La bergère nouvelle ,
Qui m'a ravi ta foi ,
Est peut-être plus belle ,
Mais moins tendre que moi.

Quand ta flamme inconstante
Te rendit mon amant,
Peut-être , une autre amante
Pleuroit ton changement.
C'est pour changer, volage ,
Que tu me fis la cour ,
Et celle qui t'engage ,
Va te perdre à son tour.

Par feu M. COQUELIN *, de Brest.*

LE LENDEMAIN DE NOCE.

COUPLETS

chantés au mariage de Mlle. N. FLAMANT,
avec M^r. LAMAIRE , Colonel d'infanterie ,
Chevalier de la Légion d'honneur.

· AIR : *Chansons , chansons.*

L'HEUREUX ami , dont l'allégresse ,
Dont la paternelle tendresse ,
      Nous met en train ;
Commande à nos chants d'hymenée ,
L'annoncer la grande journée
      Du lendemain ?

J'aime le vin , la bonne chère ;
J'aime , de la chanson légère , ..
      Le gai refrain :
Mais j'eusse , à l'éclat d'une fête ,
Préféré le doux tête à tête
      Du lendemain.

Hier, éblouissante et parée,
On a vu Nanine adorée
    Du genre humain.
Je l'aime aujourd'hui davantage,
Bien qu'on lise sur son visage,
    Le lendemain.

Sur l'autel, la jeune épousée,
Laissoit, timide et composée,
    Tomber sa main.
Voyez, tu dieu, comme elle cause !
Honneur, de la métamorphose,
    Au lendemain !

Respectant sa pudeur novice,
D'un convive, hier, la malice,
    Mordoit son frein :
La troupe, en ce beau jour, plus folle,
Se pardonne la gaudriolle
    Du lendemain.

Un nouvel amour vient, Nanine,
De ton cortège, à la sourdine,
    Grossir l'essaim.

Amis, qu'on remplisse mon verre ;
Buvons tous au petit compère
    Du lendemain.

Ainsi disoit mon vers facile,
Chéri dans un aimable asyle,
    De longue main ;
Sur la corne-muse, un satyre
Répétoit, avec un gros rire,
    Le lendemain.

Vieillards, qu'amour encore exauce,
Gagnez, avec un cœur de noce,
    Le lit d'hymen ;
Et que le nectar de nos fêtes
Vous donne, à tous tant que vous êtes,
    Un lendemain.

Par M. Th. LAENNEC, *Conseiller de préfecture
    à Quimper, Correspondant du Caveau
    moderne.*

CONTE.

DEPUIS deux ans, à son voisin Lucas,
Pierre avoit prêté sa monture,
Et Lucas ne la rendoit pas :
Pour notre ami Pierrot, c'étoit triste aventure.
Lucas étoit un vrai Normand ;
Et bien savez que gens de cette espèce,
Ne rendent pas facilement.
Pierrot croyant jouer d'adresse,
Au Juge-de-paix du canton,
S'en va réclamer son ânon.
On demande Lucas ; il vient, on le caresse.
Pour qu'il dise la vérité,
On l'interroge avec bonté ;
Lucas répond avec finesse,
Au serment il est appelé.
Je jure, dit-il, sur mon âme,
Que jamais de ce vieux fripon....
Tais-toi, lui dit Pierrot, tu te damnes, infâme !
C'est vrai, répond Lucas, mais j'aurai ton ânon.

ANONYME.

LE REQUISITIONNAIRE RÉFORMÉ.

AIR : *Chantez, dansez, amusez-vous.*

Vous irez tout seuls aux combats,
Je ne puis être du voyage :
On dit, puisque je n'y vois pas,
Que je suis propre au mariage :
Pour suivre de si douces lois,
Y regarde-t-on à deux fois?

Esculape, par ses commis,
Vient de me déclarer myope ;
Pour découvrir les ennemis,
J'aurois besoin d'un télescope ;
Mais pour voir de jeunes attraits,
J'aime mieux regarder de près.

Pourrai-je, avec de mauvais yeux,
Suivre Bellonne dans sa route ;
A mon état il convient mieux
De suivre un dieu qui n'y voit goutte.
Ce dieu peut, à mes yeux surpris,
Faire encor voir bien du pays.

Tandis que de nobles lauriers,
Vous allez couronner vos têtes;
Moi, dans mes paisibles foyers,
Je vais tenter d'autres conquêtes.
Qu'on me donne un tendron charmant,
Et je l'épouse aveuglement.

Par M. H. C., de Recouvrance.

PORTRAIT DE L'AMOUR,

EN BOUTS RIMÉS.

Dans les beaux yeux de Bergère. . . . . gentille,
L'Amour est un galant. . . . . escroc.
Dans le cœur d'une None, en secret il. . pétille;
Il se cache aussi sous le. . . . . froc.
Tantôt il rit, chante. . . . . sautille;
Tantôt il est farouche et plus âpre qu'un. . . roc,
Et quelquefois, enfin, doux comme une. . pastille,
Il se donne à nous troc pour. . . . . troc.

Par M. J.-L. D***, de Brest.

LE NORMAND.

A MADAME G......, QUI ME DEMANDOIT

UN CONTE.

CERTAIN Normand , la pipe en bouche ,
Et les deux mains dans son gilet .
D'un œil curieux et farouche ,
Contemploit de loin un gibet .
Déjà , la victime à l'échelle ,
Demandoit à se confesser ,
Avant qu'on la fît s'élancer
Au sein de la nuit éternelle.
On accorde tout aux mourans.
Notre héros choisit ce temps
Pour examiner si Moustache ,
Bourreau , jadis de grand renom ,
Sait comme il faut remplir sa tâche ,
Et pendre au suprême bon ton .
Tout est prêt , et l'œuvre commence.
Par ses propos , notre Normand ,
Annonce qu'il n'est pas content.

Plus on l'invite à l'indulgence,
Plus il jure, et moins il entend,
« Quel maladroit, quel imbécille,
» Ah ! comme c'est mal travailler ;
» De tels bourreaux on en voit mille :
» Celui-ci ne sait rien.... Je file.
» Car le voir c'est s'encanailler »,
Dit-il, au fort de sa colère.
Moustache a fini son affaire :
Et parlant à quelque compère
Près duquel étoit mon Normand :
« Je l'ai bien accroché, j'espère,
» Tu n'en saurois pas faire autant ».
Ma foi, lui dit l'autre en riant,
Je n'y vois rien que d'ordinaire.
Et monsieur, qui te voyoit faire,
De toi ne paroît pas content,
Et ta maladresse le fâche.
Vous êtes du métier, monsieur ?
Lui demande aussitôt Moustache ;
Mais le Normand, avec humeur,
Lui dit, non, je suis amateur.

Par M. F.-M. B., de Brest.

ÉPITHALAME

A MADEMOISELLE KERHORRE,

SUR SON MARIAGE AVEC M. MIOLLIS,
PRÉFET DU FINISTÈRE.

O vous dont ma lyre assidue
Doit chanter les jeunes attraits;
Vous que je n'ai pas encor vue,
Apprenez-moi quels sont vos traits.

Des cieux la suprême déesse,
Vous légua-t-elle sa fierté?
Des amours la divinité
Ses yeux, sa grâce enchanteresse?

Oui, l'épouse de Miollis,
De ce nom doit être un peu fière;
Oui, par sa jeunesse embellis,
Nos bords vont nous rendre Cythère.

Mais quoi! dans ce douteux chemin,
Où l'épine aux fleurs est unie;
D'un sage vous prenez la main,
Contre les écueils de la vie?

Je vous vois d'ici trait pour trait,
De Miollis, ô digne amie ;
Je tiens à présent le secret
De votre physionomie.

Quand vos titres me sont connus,
Junon se présente à ma verve ;
Votre âge m'a dit, c'est Vénus :
Votre choix me dit : c'est Minerve,

Par M. Th. Laennec, *Conseiller de Préfecture,*
Correspondant du Caveau moderne.

A MADEMOISELLE L. L.

Permets, ma charmante maîtresse,
Que je chante notre bonheur ;
Puissent mes vers peindre l'ivresse
Que tes yeux versent dans mon cœur.
Mais quoi ! déjà toute confuse,
Tu crains des chants trop indiscrets ?
Rassures-toi, jamais ma muse,
Ne dévoilera nos secrets.

Par feu M. Coquelin, *de Brest.*

LE RÉVEILLON.

Air : *Le petit mot pour rire.*

CHANTONS Noël. Dans ce grand jour,
De Rome jusqu'à Pétersbourg,
On est dans le délire :
Pour que par nous il soit fêté,
Et pour inspirer la gaîté,
Chantons le mot, disons le mot,
Le petit mot pour rire.

Après la messe de minuit,
Chacun chez soi s'en va sans bruit ;
Mais faut-il vous le dire :
Plus d'un amant, dans le saint lieu,
A trouvé sans offenser Dieu,
Le moyen de (*bis*) placer le mot pour rire.

Sur la foi du plus saint traité,
L'époux avec sécurité,
S'endort. Le pauvre sire !
Pendant le sommeil de l'époux,

La belle vole au rendez-vous,
Où son amant, dans un moment,
Lui dit le mot pour rire.

Pour vous, maris, quel triste sort !
Et qu'il vous faut de réconfort,
Souffrant un tel martyre ;
Buvez, le vin une fois bû,
Chez vous il produit la vertu
Du petit mot (*bis*) pour rire.

Ma foi, ce que je trouve bon
A Noël, c'est le Réveillon.
Chers amis, je désire
Qu'en vidant maint et maint flacon,
Nous chantions tous à l'unisson,
Le petit mot, le joli mot,
Le petit mot pour rire.

BOUTADE.

Ainsi que les Amours, le Plaisir a des aîles ;
Il fuit aussi rapidement :
Sachons profiter du moment,
Et soyons-lui toujours fidèles.

Las ! il n'arrive que trop tôt ,
L'instant ou l'austère sagesse
Vient nous dire : tu n'es qu'un sot ,
Laisse les jeux à la jeunesse ,
Les plaisirs ne sont plus ton lot.
Peines , soucis , voilà tout ce qu'apporte
Ce vieillard appelé le Temps :
L'Amour et sa brillante escorte ,
Par lui , sont laissés à la porte ,
Et cette joyeuse cohorte ,
Nous sourit pour bien peu d'instans.
Il est fou , celui-là , qui pendant le bel âge ,
Fuit les jeux , les amusemens ;
Ce n'est jamais dans son printemps
Que l'homme doit devenir sage.
Épicure , voilà mon dieu :
J'aime à chanter le vin , l'amour , les belles ;
Puissai-je ne jamais en trouver de cruelles ,
Et dans soixante hivers ne pas leur dire adieu.

Par M. J. B. , de Brest.

LE RACCOMMODEMENT.

Nos querelles étoient de trop foibles nuages,
De trop légers brouillards pour durer bien longtemps;
Mais il faut quelquefois de ces petits orages ,
Pour mieux faire sentir tout le prix du beau temps.
Si malgré moi , ma chère , il s'en formoit encore ,
Dissipez-les avant qu'ils soient trop dangereux :
On voit fuir la rosée au lever de l'aurore ;
Ils s'enfuiront de même aux rayons de vos yeux.

Par M. Langle, Artiste dramatique , *à Brest.*

IL FAUT JOUIR.

De la morale d'Épicure ,
Suivons les aimables leçons ;
C'est obéir à la Nature.
Buvons , amis , et jouissons.
Déjà la main du Temps nous presse ;
Et puisqu'il faut, un jour , traverser l'Achéron ,
Que chacun de nous , sans tristesse ,
Passe au moins mollement des bras de sa maîtresse ,
Dans la nacelle de Caron.

Par M. J.- L. D., *de Brest.*

LA PETITE VILLE.

SATIRE.

Veux-tu couler des jours et sereins et tranquilles,
Dorval? ne reviens plus dans nos petites villes;
N'abandonne jamais ce bienheureux Paris,
Où, tantôt délassé par les jeux et les ris,
Et tantôt recueilli, seul dans la multitude,
Adonné tout entier au bonheur de l'étude,
Tu peux, en jouissant, ménager tes désirs,
Cultiver ta raison et suivre les plaisirs.
Chez nous, soir et matin l'on s'ennuie et l'on bâille.
Pour chasser cet ennui, tu me diras : « Travaille ».
Eh! comment le ferai-je? Indifférent à tout,
En cherchant le travail, je trouve le dégoût.
En tout pays, Dorval, excepté dans le nôtre,
Le travail par un soin sait délasser d'un autre,
Attache sans contrainte, et sa légèreté
Échappe, en voltigeant, à l'uniformité.
Ici, toujours chagrin dans sa monotonie,
Aujourd'hui comme hier, il est triste; il manie
Les ciseaux, ou l'aiguille, ou Barème, ou Cujas;
Demain comme aujourd'hui, revenant sur ses pas,

16

Il prendra pour changer, sombre, à charge à lui-même,
Des ciseaux, une aiguille, ou Cujas, ou Barème.
　　Par pitié pour l'état où le sort me réduit,
Je t'entends me crier: *Recherche un homme instruit;*
D'un savant de bon goût l'entretien agréable
Pourra seul alléger le fardeau qui t'accable.
Un homme instruit, Dorval, hélas ! c'est un trésor
Que j'ai cherché long-temps, et que je cherche encor.
Il est vrai que chez nous le ciel, pour récompense,
A, des demi-savans, multiplié l'engeance;
Peuple bouffi d'orgueil, et bavard et pédant,
Qui sauroit beaucoup plus s'il n'en savoit pas tant.
J'en connois un surtout (Ah! juste Dieu! quel homme!)
Qui, sans cesse en tous lieux et m'accable et m'assomme;
Et j'aimerois mieux voir dans ce séjour maudit,
Tout ce que la Sologne a de pauvres d'esprit.
Le traître, chaque jour à l'affût dans la rue,
Me guette, m'aperçoit, m'aborde et me salue;
Moi, qui le vois déjà tout prêt à disputer,
Je fais un tour à droite, et pense l'éviter.
Mais il me suit, m'arrête, et, sans me faire grâce,
Son bras autour du mien perfidement s'enlace;
Il me tient, il m'enchaîne. Alors, au substantif,
Il m'apprend comme on doit marier l'adjectif,

Ou bien il me soutient, en termes fanatiques,
Qu'on ne peut raisonner sans les mathématiques;
Et, par ses instrumens, décidant tous les cas,
Renferme le bon sens dans le tour d'un compas.
J'approuve tout; j'enrage et peste dans ma place.
De son bras cependant, mon bras se débarrasse;
Je m'esquive, je cours encor tout en émoi....
Et le fidèle ennui me reconduit chez moi.
Mais pour fuir, diras-tu, *cet ennui léthargique,*
Quel spectacle avez-vous?—La lanterne magique.
—*Où va-t-on le matin?* — On va se promener;
Et chacun sur la place attendant le dîner,
Traîne, les bras croisés, l'ennui qui le dévore.
—*Et que fait-on le soir?*—On se promène encore.
—*Toujours! mais ne peux-tu par quelqu'autre plaisir!*
— Il est vrai; j'oubliois que j'avois à choisir:
Je puis, pour échapper à l'ennui qui me tue,
M'amuser à compter les passans dans la rue;
Je puis de la bouillotte affronter le hasard,
M'enivrer au café, m'endetter au billard.
A nos nombreux musards le tambour qui résonne
Annonce-t-il de loin les enfans de Bellone?
Un coche avec fracas court-il sur les pavés?
Autres doux passe-temps : des nouveaux arrivés

Chacun court aussitôt admirer la merveille ;
Et bientôt des oisifs l'esprit malin s'éveille :
On trouve aux étrangers un air chétif, mesquin ;
L'un est traité de Gille, et l'autre d'Arlequin ;
Et nous nous occupons, charitables apôtres,
De nous-mêmes jamais, et sans cesse des autres.
  Que te semble, Dorval, de ces brillans plaisirs ?
Peut-on plus noblement employer ses loisirs ?
Mais je n'ai pas tout dit : dans notre aimable ville,
Par un plaisir qu'on cherche, on en peut trouver mille.
Bon ! j'entends à propos un aigre violon
Appeler nos Vestris dans un chétif salon,
Où leurs pieds, qui jamais n'ont connu la cadence,
Font trembler le parquet sous leur pesante danse.
Ne pense point, Dorval, qu'ici tous nos bourgeois,
Pour se mieux divertir, s'assemblent à la fois ;
Non ; l'on ne voit ici que les *Grands* de la ville.
Les autres, à leurs yeux pétris d'une autre argile,
Ne peuvent point entrer dans le bal des élus.
— *Mais au moins leurs amis.* — Leurs amis sont exclus.
La caste de nos *Grands*, plus sotte encor que fière,
Entr'elle et ses égaux a mis une barrière :
L'intérêt du plaisir, le sang et l'amitié,
A l'orgueil de son nom tout est sacrifié.

Quand, d'un masque hideux empruntant l'imposture,
Chacun au Carnaval fait mentir sa figure,
As-tu vu les laquais en marquis s'ériger ?
Lisette en grande dame un moment se changer,
Et, du fripier voisin achetant sa noblesse,
Traîner pompeusement la robe de comtesse ?
Tels, dans leur misérable et sotte vanité,
Nos petits citadins, gonflés de dignité,
Pour mieux se faire voir montant sur des échasses,
Singes de la grandeur, n'en ont que les grimaces.
Pauvre pécore, hélas ! pourquoi tant te goufler ?
Ton corps déjà se crève à force de s'enfler.

Babet arrive au bal ; elle entre ; elle est assise,
Et regarde d'un air qui dit : *Je vous méprise.*
Sur son front, qu'a haussé sa sotte vanité,
On lit : *Avec les Grands je fais société.*
Son père est honnête homme ; il est simple ; et sa fille :
«Je ne veux plus, dit-elle, être de ma famille ;
»Non, vous n'êtes point faits pour frayer avec nous,
»Et pour devenir *grands,* nous danserons sans vous.»

Aglaé, du boudoir étudiant les codes,
Lit toujours les journaux à l'article des modes,
Y cherche un nouveau schall, un plus joli surtout,
Et par chaque courrier fait venir le bon goût

La voici : l'on voit trop à sa triste élégance,
Qu'elle n'a de beauté que par correspondance.
  Mais quel brillant soleil attire ainsi les yeux ?
C'est Lise, qui du lustre a fait pâlir les feux.
La main du mauvais goût, de richesses prodigue,
Au lieu de l'embellir, l'accable et la fatigue.
Lorsqu'elle fait danser son fardeau d'ornemens,
O douleur ! sous les pieds tombent ses agrémens ;
Et Lise, dispersant son or et ses paillettes,
Sème dans tous les bals ses superbes toilettes.
  O juge et créateur des modes de la cour,
Marcel, que tu rirois de ce maudit séjour,
Lorsqu'un provincial, amant de sa parure,
Pour avoir l'air aisé, se met à la torture,
Se roidit le maintien, se fait des agrémens,
Qui le charge de fers dans ses habillemens,
Et, des Parisiens croyant suivre les traces,
D'un corps qui n'en a pas veut arracher des grâces !
Quand je le vois danser, il me semble encor voir
Cet acteur d'Opéra qui peint le désespoir,
Qui se plaint en cadence, et, d'une voix dolente,
Nous va psalmodiant sa tristesse chantante,
Prépare son trépas, pleure, frémit en sol,
Pousse un soupir en ut, et meurt en mi-bémol.

'Ainsi notre danseur, pour se rendre agréable,
Va loin du naturel chercher un air aimable.

　Heureux, si dans ces murs à jamais odieux,
On vouloit se borner à nous choquer les yeux !
Mais pour passer le temps, si long dans notre ville,
Des belles du quartier s'assemble le concile,
Rendez-vous des oisifs, tribunal sans appel,
Où toujours le civil se change en criminel,
Où souvent il se dit dans une matinée
Plus de mal que Geoffroi n'en écrit dans l'année.
Rien faire est un métier qui leur semble amusant,
Et, par oisiveté, l'on devient médisant.
Là, j'entends nasiller nos vieilles radoteuses ;
Là, j'entends babiller nos jeunes tricoteuses.
Ma commère Pernelle, une aiguille à la main,
Coquette en bonnet rond, prude au teint de carmin,
Qui se munit toujours d'une bonne anecdote,
Arrive et parle ; « On dit que la veuve Javotte
»Vient de faire».. — Ah ! je sais, dit madame Vernon,
»Je sais (et je le tiens de Damis et Damon,
»Qui m'ont conté l'histoire, et qui l'avoient apprise
»Chez Laure, chez Nina, chez Néris, chez Louise!
»A qui dame Marton l'avoit dit en secret);
»Je sais (j'attends de vous un silence discret),

»Je sais que ce matin , pour faire des conquêtes ,
»Javotte a mis son schall des dimanches et fètes :
»Sa robe est d'un fond rôse ; on a même observé
»Qu'aujourd'hui son chignon est bien mieux relevé.
»—Quoi, vraiment? ce matin Javotte a fait toilette,
»—Elle est veuve et galante !—Elle est laide et coquette.
»—Coquette le matin ! dit Claire ; oh ! je conclus
»Qu'elle devient le soir quelque chose de plus. »
Claire sort ; et déjà l'assemblée est instruite
Que pour un rendez-vous la belle a pris la fuite.
«Hé bien? quoi de nouveau, ma voisine ?—L'on dit,
»Qu'au fond d'un cabaret ayant laissé l'esprit,
»Dorante , dont le vin dérangeoit la cervelle ,
»En dansant l'autre jour , est tombé sur sa belle.
»Paul, dit-on , se marie ; on dit qu'un grand dîner
»S'apprête chez Oronte et va le ruiner :
»On dit qu'on y verra trois superbes services,
»Deux turbots , trois poulets et six plats d'écrevisses;
»On dit…—Mais à Lindor pourquoi cet air d'ennui?
»Hier il étoit gai , pourquoi triste aujourd'hui ?
(C'étoit moi qui passois ; l'ennui, comme mon ombre,
M'accompagnoit encore et me donnoit l'air sombre).
«Hier , tandis qu'au bal nous prenions nos ébats ,
»De ses ris continus j'entendois les éclats….

»Ce subit changement et m'étonne... et m'intrigue.
»—Dès long-temps, dix Alix, son aspect me fatigue.
»Monsieur fait le Caton , et s'érige en penseur.
»Voyez : croiroit-on pas que c'est notre censeur ?
»Il s'éloigne , et de nous la fierté le sépare.
»Il veut se distinguer par son humeur bizarre :
»Sur la place jamais le voit-on promener ?
»L'a-t-on vu quelquefois jusqu'au soir déjeûner ?
»Passe-t-il un seul jour à lire les gazettes ?
»Et quand au *Soleil d'or* a-t-il laissé des dettes ?
»On diroit , à le voir si sévère avec nous ,
»Qu'ici lui seul est sage , et tous les autres fous ;
»Et je crois que , trouvant que nous prêtons à rire,
»Le traître contre nous médite une satire.
»Oh je veux mettre au pas ce caractère altier ,
»Et je vais lui servir un plat de mon métier ».

   Elle dit ; et soudain le concile dispose
Que l'on doit me punir de l'ennui qu'on me cause.
On court, on se répand dans tous les comités ,
Et sur moi les regards fondent de tous côtés.
On me montre du doigt, on se parle à l'oreille :
«S'il est triste et pensif, dit-on , ce n'est merveille:
»Le malheureux au jeu vient de se ruiner ;
»Sa Dulcinée est mère , et vient de lui donner

»Deux enfans à nourrir , un rival à combattre ».
Au lieu de deux enfans ce fut bientôt trois , quatre.
⸱ Ruiné le matin , on ajoutoit le soir
Que je voulois m'aller pendre de désespoir.
Plus fine et plus méchante , Alix partout publie
Que d'un autre motif naît ma mélancolie :
«A beaucoup moins , dit-elle , on auroit de l'ennui ;
»Car la pièce anonyme , Octavie , est de lui ».

    Où fuir , où me sauver d'un séjour que j'abhorre ?
On me choque ! on m'ennuie ! et l'on me déshonore !
Je cherche des plaisirs que je ne trouve pas !
L'œil de la médisance espionne mes pas !
Je n'y tiens plus. Je sors d'une ville maudite ;
Pour n'y plus revenir , je m'éloigne au plus vîte.
Adieu , petit séjour où tout devient petit ,
Et dont les murs étroits rétrécissent l'esprit ;
Adieu, Grands de province ; adieu , jeunes mégères,
Je ne redoute plus vos langues harangères ;
Je brave vos propos , je brave vos mépris ;
Je quitte la province , et je vole à Paris.

         Par M....., de Guimgamp.

LES ÉTRENNES ÉCONOMIQUES.

AIR : *Toujours de trinquer avec vous,*
     ou Mon père étoit pot.

Voulez-vous devoir au bon goût
  Le choix de vos étrennes,
En un jour ne donnez pas tout,
  Et votre or et vos peines :
    Laissez aux nigauds
    Faire des cadeaux,
  Et soyez plus modeste ;
    Donnez un bouquet,
    Donnez un couplet,
  Et moquez-vous du reste.

Si vous filez l'amour parfait
  Près de jeune fillette,
Donnez-lui Ballade ou Sonnet,
  Ou simple Chansonnette.
    Force Madrigaux,
    Tournés bien et beaux,

D'une fine manière,
   Savent empaumer,
   Savent désarmer
Le cœur de la plus fière.

De l'hymen suivez-vous les lois,
   Alors changez de style ;
Soufflez, et mordez-vous les doigts ,
   Accouchez d'une Idille.
     Si votre Philis ,
     N'a du temps jadis
   Aucun charme durable ,
     Chantez ses vertus ,
     Vous en faut-il plus ?
   Faites-donc une Fable.

Donnez des Rondeaux à Lison ,
   Qu'on dit votre lingère :
Sans sortir de votre maison ,
   Une Ode un peu légère
     A tous vos parens ,
     A tous vos enfans ;
   Et puis sans nulle honte ,
     A tout Créancier

Qu'on ne peut payer,
Vite faites un Conte.

Pour Mondor, faites un discours,
Vantez sa bienfaisance;
Pour Madame, des Calembourgs,
Pour sa fille, une Stance.
Faites aux voisins
De jolis refrains;
A votre domestique,
Quelques mauvais vers,
Pris tout de travers
Dans un poëme épique.

A votre maître de maison,
S'il n'est point un bélitre,
Pour qu'il entende la raison,
Adressez une Épitre :
S'il est bon garçon,
S'il entend raison,
Chantez sa bonté d'âme;
S'il veut de l'argent
Qui soit bien sonnant,
Faites une Épigramme.

17

Devez-vous à quelque usurier,
   Pour punir cet infâme,
Vîte un plat de votre métier,
   Une scène de drame.
      S'il montre la dent,
      S'il fait le méchant,
   Jouez la comédie ;
      Gardez-vous pourtant
      D'aller trop avant,
   Gare la tragédie.

A quoi sert-il donc de rimer ?
   Dit un critique austère.
Qu'on vienne à présent décrier
   Un art si salutaire :
      Je prouve vraiment
      Qu'on peut en chantant,
   Et sans aucunes peines,
      Sans argent comptant,
      Donner cependant
   A chacun ses étrennes.

Par MM. J. B. et F.-M. B. , de Brest.

LES DROITS-RÉUNIS.

L'AMOUR voulant de son pays,
Rendre le monde tributaire,
Établit les droits-réunis,
Dans tout l'empire de Cythère;
A Vénus il donna le choix,
Elle obtint les premières places,
Et tout le reste des emplois
Devint le partage des Grâces.

C'est donc de vous, sexe charmant,
Que nous sommes les redevables;
Vous avez, bien assurément,
Sur nous des droits incontestables:
Ainsi nous allons dès ce jour,
Sans effaroucher la décence,
Pour tous les détails en amour,
Vous demander une licence.

Vous avez des droits sur nos cœurs,
Vous en avez sur notre estime,
On peut gémir de vos rigueurs,
Mais les mériter c'est un crime.

Sous votre administration,
Heureux qui ménage une affaire,
Puisqu'une déclaration
Est le prélude nécessaire.

Qui mieux que vous peut exercer
Ces droits charmans, ces droits aimables !
Nous devons tous nous empresser,
Pour les belles, d'être solvables.
Nul n'est admis légalement,
Au commerce de la tendresse,
S'il n'est muni d'un passavant ;
Signé par la délicatesse.

Mais pourquoi d'un air dégagé,
Pour prix de notre exactitude,
Nous délivrez-vous un congé ?
C'est pourtant là votre habitude ;
Sans-doute c'est un de vos droits,
Vous en sentez tout l'avantage ;
On respecteroit plus vos lois,
Si vous n'en faisiez pas usage !

Par fois, si de nos sentimens,
Vous voulez faire l'inventaire,

Toujours sincères et constans,
Nous les produisons sans mystère.
Heureux les débiteurs actifs,
Qui n'excitant jamais vos plaintes,
Figurent sur vos portatifs,
Sans appréhender vos contraintes.

Dans le commerce des amours,
Dans les liens de l'hymenée,
Sans fraude, le plaisir toujours
Acquitte les droits à l'entrée ;
Et si dans ce trafic charmant,
Au bureau de votre régie,
Vous trouvez un récalcitrant,
Ce n'est jamais qu'à la sortie.

Ah ! s'il est vrai, comme on le dit,
Qu'on paye les droits en carresses,
Vous nous verrez le jour, la nuit,
Disposés à remplir vos caisses;
Entre nous, pour vous en compter,
Il faut réunir bien des titres :
Heureux celui qui peut dater
Dans vos cœurs et dans vos regîtres.

                    Par M. M...., de Châteaulin.

AIMER, BOIRE ET MANGER.

MOTS DONNÉS.

AIR : *Au soin que je prends de ma gloire.*
(Des cheviles de Maître Adam.)

JE suis las de chanter les belles,
Je suis las de chanter le vin ;
J'aime fort qu'on leur soit fidèles ,
J'aime assez le jus du raisin :
Mais ne perdons pas la mémoire ,
Si je sais bien qu'il faut aimer ,
Si je sais aussi qu'il faut boire ;
Dois-je donc rester sans manger ?

Mille auteurs chantent Érigone
Et les louanges de Bacchus.
Leur belle vaut une couronne ,
C'est une grâce, c'est Vénus ;
Suivant eux , perdre la mémoire ,
Voilà ce qu'il faut pour aimer,

Pour être plus tendre il faut boire,
Parlent-ils jamais de manger?

Figeac., gasçon , depuis un lustre,
A Lise avoit donné sa main ;
Lise en aime un autre et le frustre
Des droits et d'amour et d'hymen ;
Au lieu d'en perdre la mémoire ,
Il dit : je veux toujours l'aimer,
J'avois à peine de quoi boire ,
Je vais avoir de quoi manger.

Pierrot , normand, dans son village ,
Ennuyé d'être un sot amant,
Enlève Isabelle , et plus sage ,
En vrai normand prend son argent ;
Il dit : j'ai fort bonne mémoire ,
Je ne puis pas toujours aimer ,
On se lasse à la fin de boire ,
J'ai pris de quoi pouvoir manger.

Fêtons un cuisinier habile ,
Cet artiste vaut bien son prix ;
On en trouve aux champs , à la ville ,
Amis suivez tous mes avis ;

De lui conservez la mémoire,
C'est lui qu'il faut toujours aimer,
C'est à sa santé qu'il faut boire,
C'est lui qui nous fait bien manger.

Par M. J. B. , de Brest.

DISTIQUE

SUR L'HÉRÉDITÉ DE L'EMPIRE FRANÇAIS

DANS LA FAMILLE DE NAPOLÉON.

Au trône impérial, appelé par nos vœux,
Que son nom règne encor sur nos derniers neveux.

Traduction du distique précédant, en vers latins.

Postremos ejus nomen regnato nepotes,
Qui trabeâ impérii, gente probant netes.

*Par M. Th. LAENNEC, Conseiller de Préfecture
à Quimper, et Correspondant du Caveau
moderne.*

LES RIDICULES.

CHANSON.

AIR : *Femme voulez-vous éprouver.*

Il sera toujours de saison,
D'avoir de jolis ridicules;
Toutes nos femmes du bon ton
En portent partout sans scrupules;
Le ridicule est en tout sens,
Un meuble utile et si commode,
Je gage qu'il sera long-temps
Un enfant gâté de la mode.

J'entre dans un cercle brillant
C'est un cercle de ridicules,
Ce n'est pas le moindre agrément
De toutes nos jeunes ursules;
Oui, les ridicules du jour
Doivent avoir notre suffrage,
Ce sont des filets que l'amour,
Tend souvent avec avantage.

Si pour m'amuser quelquefois,
Je suis assis à ma fenêtre,

Que de ridicules je vois,
Aller, venir et reparoître ;
Peut-on en être l'ennemi,
Lorsque des deux bouts de la France,
Les ridicules aujourd'hui ,
Servent si bien de contenance.

L'on me conduit dans le saint lieu ;
Mais qu'elle est encor ma surprise,
Les ridicules devant Dieu ,
Ici , comme ailleurs , sont de mise :
Le prêtre , en vain, dans son sermon ,
Hautement fulmine sa bule ,
On s'en retourne à la maison
Avec le même ridicule.

Messieurs , qui jetez tant de cris ,
Serrez , croyez-moi , vos férules ;
Rien ne plaît tant , à mon avis ,
Que tous nos charmans ridicules :
A la ville , comme à la cour,
Chacun s'en est fait une étude ,
Il faut pardonner à l'amour ,
Ses péchés mignons d'habitude.

    Par M. Huchet , Avocat, *à Guingamp.*

PORTRAIT
DE MONSIEUR DÉTAILLE,
Ingénieur en chef
des ponts et chaussées du Finistère.

Du Dieu des arts, aimable favori,
Enfant gâté des nymphes du Permesse ;
Talent, esprit, délicatesse ;
Art de plaire, il a trop pour n'être que chéri.
Ingénieux auteur de tendres bagatelles ;
La divine amitié lui prêta ses pinceaux ,
Les grâces furent ses modèles ;
Et l'amour satisfait, couronna ses tableaux.

RÉPONSE A MONSIEUR DAUVIN.
* ACROSTICHE.

De vos écrits la douceur enivrante
Attache à leur auteur par un charme bien doux ;
Unir à la franchise , âme reconnoissante ,
Voilà tout mon mérite ; et, soit dit entre nous,
Illusion à part , votre muse indulgente
Nous prête des talens qu'on ne trouve qu'en vous.

AINSI VA LE MONDE,

REFRAIN DONNÉ.

Air : *Daignez m'épargner le reste.*

La bonne foi, la loyauté,
La politesse, la franchise,
La constance et l'urbanité,
Aujourd'hui ne sont plus de mise :
Ces vertus de nos bons aïeux,
On les méconnoît, on les fronde,
On les déchire à qui mieux mieux,   (*bis.*)
Mais toujours ainsi va le monde.

Lise avoit fait choix d'un amant,
Damon croyoit à sa tendresse;
De Lise il croyoit au serment,
On le trompoit avec adresse.
Philinte vient, à Lise il plut,
En vain Damon supplie et gronde....
Damon de chagrin en mourut,   (*bis.*)
Lise en rit. Ainsi va le monde.

Harpagon sur son coffre fort,
De ses deux yeux fait sentinelle ;

Par hasard un jour il s'endort :
Son fils grimpant par une échelle,
Entre, le voit, vole au trésor,
Dans un moment il fait sa ronde.
Dans un jour dissipe son or ·   (*bis.*)
Pour briller.... Ainsi va le monde.

Si l'on reproche à Dorimon,
Sa place et ses sottes bassesses,
Tout aussitôt il vous répond :
On la devoit à mes largesses.
Pour l'avoir si j'ai fait un pas,
Je veux que le ciel me confonde !
Quand on rampe on ne marche pas,   (*bis.*)
Lui dit-on. Ainsi va le monde.

Ariste désire un emploi,
Sa probité le recommande ;
Je peux le rechercher, je crois,
Dit-il, Ariste le demande.
Valère, sot et bas flatteur
L'obtient : dans sa douleur profonde,
Ariste dit du fond du cœur :   (*bis.*)
Quoi ! toujours ainsi va le monde.

18

Damis croyoit à la vertu
D'Aglaure, sa jeune compagne;
Un jour sans en être attendu,
Il la surprend à la campagne :
Hylas dans un bosquet profond
Lui montroit sur le bord de l'onde,
L'amour.... Damis grattant son front, (*bis.*)
S'en retourne. Ainsi va le monde.

Pour nous amis, soyons joyeux,
Buvons, chantons, soyons aimables,
Soyons, s'il le faut, amoureux,
Mais soyons constans à nos tables,
Et lorsque quelque jour la mort
Dira : suis-moi dans la seconde,
Sans nous plaindre, cédons au sort, (*bis.*)
Ami, car ainsi va le monde.

Par M. J. B., de Brest.

SERMENT D'AIMER.

A MADEMOISELLE N***.

COMMENT, j'ai pu dire je t'aime,
Avant de connoître Zulmé ?
Quel sacrilège, quel blasphême....
Non, non, je n'avois point aimé,
Je me trompois, hélas ! moi-même ;
Je prenois mes sens pour des feux,
Mes simples désirs pour des vœux,
Mes plaisirs pour l'amour extrême.
Ah ! je reconnois mon erreur,
Je la condamne, je l'abjure ;
Mes goûts venoient de la nature,
Ils n'émanoient point de mon cœur.
Aujourd'hui, quelle différence !
Tout est pur dans mes sentimens.
Quand je la vois, quand je l'entends,
Je jouis dans un doux silence,
Je me repais de volupté,
Lorsqu'à mes regards elle étale
Ces grâces, cette urbanité,

Cet esprit et cette bonté
Que n'a jamais eû sa rivale.
Souffré-je ? Zulmé sait souffrir ;
Suis-je triste ? elle me console ;
Pleuré-je ? Zulmé se désole ;
Si je meurs , elle veut mourir.
O des amantes le modèle ,
C'est toi seule qu'il faut aimer ,
C'est à toi que je suis fidèle ;
Car toi seule a pu m'enflammer ,
Ni la déesse de Cythère ,
Qu'on dit plus belle que le jour ,
Ni Phébus et toute sa cour ,
Ni l'or que récèle la terre ,
N'éteindront jamais mon amour !
A tous les biens je le préfère.

ANONYME.

COUPLETS BACHIQUES.

AIR : *Aussitôt que la lumière.*

QUELLE peine dans la vie
Ne fait oublier le vin ;
Oui , la céleste ambroisie ,
C'est le doux jus du raisin.

Le vin fait de grands miracles :
C'est le père des bons mots ;
Il fait braver les obstacles,
Et donne l'esprit aux sots.

Dans le fond d'une bouteille,
Est le bon sens des amans ;
C'est cette liqueur vermeille
Qui les rend entreprenans.
Sans ce jus, foible et timide,
L'amant oseroit en vain ;
En buvant il se décide :
C'est encor l'effet du vin.

Chantons donc tous à la ronde
Les louanges de Bacchus ;
Que chacun ici réponde,
Et que tous fassent chorus :
« Daigne, Bacchus, nous sourire,
» Fais éclore le raisin ;
» Pour célébrer ton empire,
» Il nous faut encor du vin ».

ANONYME.

LA MOUTARDE CELTIQUE.

VAUDEVILLE

ADRESSE A LA SOCIÉTÉ ÉPICURIENNE.

AIR : *Que l'on goûte ici de plaisirs.*

JOYEUX héritiers du caveau ,
    Modernes Aristipes ,
Qui buvez votre vin sans eau ,
    Qui mangez par principes ,
A saisir votre galoubet
    Un vieillard se hasarde
Mon extâse est dans mon sujet :
    Je chante la *Moutarde.*

Parfois les ragoûts indiscrets
    Vont gâtant ce qu'on mange ;
Si la perdrix est de Carhaix ,
    Je ne veux pas d'orange.
Mais que sans nos grains protecteurs
    Nul ne touche la barde ;
Mieux vaudroit un printemps sans fleurs ,
    Qu'un dîner sans *Moutarde.*

Chez le généreux Miollis *
 J'étois sur le qui vive ,
Pour gober les anchois confits
 Et la piquante olive ;
Mais quand ses brillans estafiers
 Nous servoient la poularde ,
Bien vîte mes goûts roturiers
 Demandoient la *Moutarde.*

La nature nous a fait don
 Du savoureux tonique ,
Qui devint par un art profond
 La *Moutarde Celtique.*
Point de si fade veau de lait ,
 De si pésante outarde ,
Qui ne brille dans un banquet
 Parsemé de *Moutarde.*

Fait-elle payer ses bienfaits
 Au podagre débile ?
Pour guérir les maux qu'elle a faits
 C'est la lauce d'Achille.

* Monsieur le Préfet du Finistère.

Quand sur un grabat douloureux
  La goutte me poignarde ,
Barther au goinfre malheureux
  Apporte la *Moutarde.*

Rival des Maille et des Naigeon,
  Un chimiste s'élève ;
Et de Paris et de Dijon
  Le grand œuvre s'achève.
Comus à notre citoyen
  Attache la cocarde ;
Il unit d'un double lien
  Le Maoüt, la *Moutarde.*

Dans ce repas appétissant
  Comme elle nous fit boire !
Mon estomac reconnoissant
  En garde la mémoire.
Heureux Le Maoüt, ton esprit
  Et ton humeur gaillarde ,
Pour aiguiser notre appétit,
  Vaut presque ta *Moutarde.*

On vantoit au pays du Nord
  Ta superbe officine ;

Deviens par un plus noble effort
   Professeur de cuisine.
En vain de Lazzis obstinés
   J'apprends qu'on te brocarde.
Leur plate ignorance à mon nez
   Fait monter la *Moutarde*.

Dites : ces couplets un peu fous
   Auront-ils leur salaire ?
Aimable Thérèse *, pour vous
   J'eusse voulu mieux faire.
Vous avez des yeux si touchans ,
   Un teint que rien ne farde....
Mais , Thérèse , j'ai soixante ans ;
   Après dîner , *Moutarde*.

Par M. Th. Laennec , *Conseiller de préfecture
à Quimper , Correspond^t. du Caveau moderne.*

* Madame Le Maoût.

MOUTARDE CELTIQUE.

PARMI les titres qui recommandent la Nation Bretonne à l'admiration de l'Europe, à la reconnoissance de la postérité, se place aux premiers rangs l'inappréciable invention de la Moutarde Celtique.

Pour un Breton, le plaisir le plus grand est de boire et manger; le plus grand plaisir après celui-là, est de manger et boire. Mais quel plaisir seroit doux, lorsqu'on l'achète par des inquiétudes sur la santé.

La jouissance la plus vive avoit sa mesure, passé laquelle ce n'étoit plus une jouissance. L'estomac le plus robuste, le plus breton étoit soumis aux importunes règles de l'hygienne vulgaire.

Le coriphée des goinfres de Bretagne, le célèbre H........, Conseiller au présidial de Rennes, étoit mort à table. Notre ami Jean le Causeur n'avoit atteint une veillesse extrême que par une extrême sobriété.

Il étoit bien malheureux que dans un pays

de bonne chère, on ne pût être gourmand avec
quelque impunité. Entouré des poulardes de
Rennes et Guingamp, des gras-doubles de Lam-
balle, des choux et des brioches de Saint-Brieuc,
des aloses, des poires et des muscats de Nantes,
des crêpes de Lannion et de Pont-Labbé, des
cerises de Plougastel, des turbots et des oies
de Penmarc'h; des vins de retour que receloient
les riches caves de Brest, des nids d'oiseaux
que les vaisseaux de Lorient m'apportoient de
l'Inde, des biscuits de Vannes et d'Audierne,
des huîtres de Tréguier, de Cancale et de Quim-
perlé, des saumons de Châteaulin, de Quimper,
de Rosporden, des légumes de Morlaix, des
sardines de Concarneau, des brochets de Napoléon-
Ville, des solles nourries sur les doux sables de
Douarnenez, que la drague ne profane point;
des beurres de la Prévalais ou de Quintin, des
perdrix de Carhaix, des laitages de Pacé, des
moutons de Plouezec et de Pontcroix, des bœufs
de Callac, des anguilles de Jugon, meilleures
que celles de Sibaris, des angéliques de Châ-
teaubriant, des rennettes de mon Kerlouarnec.....
Je croyois toujours voir la main du sévère Hallé

écrire sur les murs de ma salle , *indigestion*. Aux
rives de l'Oder , du Légué , de la Loire ou du
Blavet , l'indigestion étoit le mal de la bonne
compagnie. Pour boire toute la nuit , pour manger
tout le jour sans s'incommoder , on étoit réduit
à faire des voyages aux Seins ou aux Glénans ,
îles de l'Océan , qui appartenoient à des moines ,
îles dignes en effet par l'appétit vorace , par la
soif inextinguible qu'on y éprouve , d'appartenir
à des gourmands de profession.

O souvenirs chers à mon estomac ! Une affaire
m'appelle en 1778 dans la retraite des Timeur ,
des Piton , des Miliner et des Porsmoguer ; une
affaire malheureuse, affligeante.... mais l'affliction
même ne sauroit ôter l'appétit à un Breton. C'est
pour les Bretons qu'il a été dit :

En enrageant on fait encor bombance.

Quand je m'éveillois , la table étoit servie ; on
ne la desservoit que lorsque j'étois rentré dans ma
couchette. Un repas unique par jour ! c'étoit le
jeûne , véritablement raccourci , de l'église pri-
mitive.

Il fallut revenir , hélas ! à ce triste continent ,

où les estomacs débilités, dégénérés, peuvent
à peine tenir table trois ou quatre heures.

Les épices les plus violentes, les préparations
sinapiques les mieux entendues n'y faisoient
œuvre. J'ai vu employer en vain les carris de
Pondichéry, les souifs de Chine, la Rhubarbe,
le quinquina, les moutardes de Naigeon, de
Maille, de Bordin. Le plus grand des problêmes
étoit encore à résoudre, le problême de boire
beaucoup, de manger beaucoup et de se porter
bien. Le Maoüt parut.

Le Maoüt, né au pays des Celto-Bretons, dont
il parle l'énergique idiôme avec une grâce toute
particulière que lui envioient ses amis Latour-
d'Auvergne et Le Brigant, Le Maoüt, qui a
l'anagramme de son nom dans le mot *Moutarde*,
imagina, découvrit, inventa, créa la Moutarde
qu'il nomma *Celtique*, par une attention de modestie qui faisoit rejaillir la gloire de l'Auteur sur le
pays qui l'avoit vu naître.

Le Maoüt avoit pu connoître la Moutarde
d'Uzel, qui usurpa jadis quelque célébrité ; mais
la Moutarde d'Uzel est à la Moutarde Celtique
ce qu'une aurore nébuleuse est au plus beau

jour ; ce que le mouvement machinal de l'Ins-
tinct, la trituration grossière de la routine est
aux conceptions du génie.

Pharmacien distingué, professeur de chimie
à l'ancienne école centrale des Côtes-du-Nord,
déjà connu par l'excellence de ses préparations
hyppocratiques, par la finesse des liqueurs distil-
lées dans ses alambics, et dont purent à peine
atteindre le mérite, les ratafias renommés des
heureux Roullet ; le docteur Le Maoüt appela
tous ses talens divers dans la confection de sa
Moutarde.

Prôné par les mille trompettes de la Renom-
mée, le savant chimiste ne vit dans ses premiers
succès qu'un aiguillon pour en obtenir de nouveaux. Il perfectionna son amalgame, le perfectionna, le perfectionna, le perfectionna. Il
le perfectionne encore ; il le perfectionnera,
in sœcula sœculorum.

Déjà le patriarche des *vive la joie*, le
Gastronome des Gastronomes, M. Grimod-de-la-
Reynière avoit écrit : Maille est le Corneille
de la Moutarde ; Bordin le Racine et le Maoüt
le Crébillon. Le journal officiel dont la tâche

est de ne rien avancer qui ne soit vrai , qui
ne soit prouvé , qui ne soit, en quelque sorte ,
cautionné par le gouvernement ; le Moniteur , dans
sa feuille du 11 octobre 1808 , prononce *ex-ca-
thedra* que le vœu de l'art est accompli , que
rivale de la moutarde Maille sous le rapport du
goût , la Moutarde Celtique l'emporte sous le
rapport de la salubrité. Donc la Moutarde Celtique est le sinapisme par excellence , la reine des
apéritifs , des digestifs , des anti - scorbutiques.
La Moutarde Le Maoüt est aux Moutardes Bordin,
Maille et Naigeon , ce que les vins généreux
de Bordeaux sont aux vins légers de Bourgogne
et de Champagne. C'est la première des Moutardes,
omnes inter sinapes facile principes. Le Maoüt
n'est pas le premier moutardier du pape ; mais
on l'a nommé le premier moutardier de l'Europe ;
c'est le premier moutardier des quatre parties du
globe.

Il ne manquoit à la gloire de notre Moutarde
que d'être chantée ; et la région qui avoit produit
l'inventeur , devoit encore produire le poëte. Le
plus vieux et le plus gai des troubadours du
Finistère s'empara de ce sujet *piquant.* Achille

eut son Homère; Alexandre gémit de n'en pouvoir trouver un. Le Maoüt a trouvé le sien. Le poëte et le héros iront de concert à l'immortalité , en s'amusant à la Moutarde.

Nous avons donné précédemment le premier poëme né de cette association. Il a déjà été recueilli par le journal des gourmands, pour novembre 1807. Il a paru ici d'après une copie autographe de l'Auteur qui l'a enrichie de quelques heureuses corrections. Voltaire corrigea ses ouvrages toute sa vie.

PHILOTHÉE RIMEA LÉNACEN.

AUX DAMES.

AIR : *Un jour Guillot trouva Lisette.*

Un jour l'Amour dans les alarmes
Laissoit exhaler ses sanglots ;
Ses yeux étoient remplis de larmes ;
De sa bouche sortoient ces mots :
« Quoi donc ! pour célébrer les Grâces , *(bis.)*
» Las ! n'est-il plus de troubadour ?
» Bretons ne suivent plus mes traces ,
» Abandonnent-ils donc l'Amour ?

» N'est-il plus de gente bergère
» Qui sache encor les enflammer ?
» Jadis quand elle étoit légère ,
» On cherchoit à me désarmer.
» Vers doux , agréables , faciles ,   (*bis.*)
» On venoit me les adresser ;
» Bretons me sont donc indociles ,
» Plus n'aiment à me caresser.

» Eh quoi ! les Muses , la Folie ,
» Pour eux sont-elles sans attraits ?

» S'ils ne chantent plus leur amie, ,
» A quoi servent alors mes traits ?
» S'il n'est plus de berger aimable, (*bis.*)
» Qui sache chanter dans ce jour
» Chez le Breton jadis affable,
» Que peut faire à présent l'Amour.

» Ingrats ! oui, je vous abandonne ;
» A regrets je quitte ces lieux ;
» Je vous fuis, mais je vous pardonne ;
» Je vous fuis, voilà mes adieux....
» Mais malgré votre indifférence, (*bis.*)
» Un jour vous me rappellerez.
» Chantez les belles, la Constance, ,
» Bretons, vous me retrouverez. »

Il dit, et cède à sa colère ;
Plaisir accompagne l'Amour ;
Il retourne près de sa mère.
Femmes, vous pouvez en ce jour
Le ramener sur notre terre, (*bis.*)
En accueillant avec bonté
Notre Muse vive et légère,
Enfant de l'aimable gaîté.

    Par M. F. C., de Loudéac.

AVIS.

Air : *Bouton de rose.*

DANS ma Boutique,
Accourez, messieurs les passans :
Muni d'un courage héroïque,
Pour vous plaire je vous attends
Dans ma Boutique.

Dans ma Boutique,
Je me tiens la nuit et le jour :
A bien recevoir je m'applique ;
Je suis moins constant en amour
Qu'à ma Boutique.

Dans ma Boutique
On trouve livres et papier,
Dessins, gravures et musique ;
On sait transcrire et copier
Dans ma Boutique.

Dans ma Boutique
On abonne à tous les journaux ;
Aux meilleurs romans, je m'en pique ;
J'annonce les livres nouveaux
De ma Boutique.

LA MUSE

Dans ma Boutique
On compose bouquet, chanson,
Épître, vers, ode, cantique;
Car je loge un autre Apollon
Dans ma Boutique.

Dans ma Boutique
On imprime assez joliment;
Et moyennant un prix modique
On fait tout pour argent comptant
Dans ma Boutique.

Par F.-M. BINARD.

TABLE.

A. D.

Les Gâteaux.   *Page* 16.

Oscar et Rusla, chant gallique.   19.

Les Roses, Boutade.   25.

Ah ! laissez-donc.   43.

Il faut que tout le monde vive.   53.

B.

Le Désir et la Jouissance.   113.

BAUDIN aîné.

Sur la mort de mon épouse.   22.

A Ninette.   105.

BARDÉ.

Épitaphe d'un chien.   140.

BOULLÉ. (Germain)

Mes adieux au Lycée de Mayence.   143.

COQUELIN.

A Mademoiselle J. L.   129.

L'Amante abandonnée.   138.

Les Regrets.   150.

A Mademoiselle L. L.   160.

De V***. (Madame)

A mon amie, belle et bonne.   96.

E. P.

La fin du jour.   77.

Profession de foi d'un Breton. *Page* 89.

F. C.

Aux Dames. 205.

F.-M. B.

Sur Jean La Fontaine. 21.

L'Énigme. 34.

Le Plaisir et l'Innocence. 45.

Prière d'un Breton avant le repas. 50.

Les diverses acceptions du mot *presse*. 55.

Parodie de je t'aimerai. 61.

A ma nièce, pour l'anniversaire de sa naissance. 81.

Il faut aimer ce que l'on a. 114.

Éloge de l'eau. 147.

Le Normand. 157.

Les Étrennes économiques. 175.

GUINGUENÉ.

La Confession de Zulmé. 35.

G. B.

A Mademoiselle P. 128.

A la perfide. 140.

H. C.

Le Réquisitionnaire réformé. 155.

HUCHET.

Vers contre les nouvelles coiffures. 71.

Mes Souvenirs. *Page* 79.

Romance. 87.

L'Amant désespéré. 96.

La Conscription. 111.

Les Ridicules. 185.

J. B,

Préface aux Dames. 2.

Aux Femmes. 7.

Éloge du Plaisir. 14.

L'Inconstance. 24.

Chanson bachique. 31.

Le Carnaval. 40.

Couplets chantés à un repas de noce. 49.

A un ami, le jour de son mariage. 58.

Chansonnette. 109.

Boutade. 162.

Les Étrennes économiques. 175.

Ainsi va le Monde. 188.

Aimer, Boire et Manger. 182.

J.-L. D.

Le Soleil et les Nuages. 25.

Épître à M. E. Dupaty. 45.

Bouts rimés. 63.

Épigramme à un poëte critique. 80.

Épitaphe. 86.

Quatrain à Mad^e. J. M.   *Page* 88.

Sur la mort de deux époux.   120.

Le Papillon , Fable.   127.

A Mad.^{lle} Caroline L. B. , Acrostiche.   133.

Portrait de l'Amour   156.

Il faut jouir.   164.

LAENNEC. (Th.)

La Halte de Paris.   101.

Placet à S. M. l'Empereur et Roi.   107.

Arthémise et Mausole.   117.

Mes Votes.   122.

La Fontaine de Jouvence.   123.

Inscription pour le Portrait de Mme Miollis. 139.

Le lendemain de noce.   151.

Épitalame à Mlle. Kerhorre.   159.

La Moutarde Celtique.   194.

Distique sur l'Hérédité.   184.

L'abbé L.

A NAPOLÉON.   74.

LANGLE.

Le Jardin de la vie humaine.   9.

L'Amant sincère   17.

Impromptu à Mlle Aimée M.   27.

Conseil à ma jeune amie.   33.

Chant triste d'amoureux Troubadour.   41.

La Mélancolie. Page 68.

Le Chêne. 72.

L'éducation de Lise. 86.

A Mademoiselle Louise L.... 108.

Invocation au Sommeil. 121.

La Renoncule et la Violette. 134.

Impromptu à Justine. 147.

Le Raccommodement. 164.

LEROUX.

Le Serment. 72.

M.

A une très-belle femme. 90.

Pour le jour de mon mariage. 112.

A ma Femme. 116.

Le Retour. 132.

P. T.

Romance à mon amie. 28.

Encore pour vous. 57.

R. X.

La Rose. 7.

ROYOU.

A mon Fils. 90.

VERGIER.

Impromptu. 12

Madrigal à une Dame de Brest. 18.

ANONYMES.

Dédicace aux Dames. Page 1.

Le Monstre. 4.

Conseil à la beauté. 16.

Complainte sur la bataille des trente. 29.

Le Bonsoir. 50.

Le Voyage de l'Amitié, l'Hymen et l'Amour. 62.

A mon infidelle. 64.

Imitation de Jean Bonnefons. 73.

Romance. 107.

L'Amateur de Roses. 118.

Hymne au Soleil. 123.

L'origine de l'Inconstance. 131.

Le Mardi-Gras. 136.

Conte. 154.

Le Réveillon. 161.

La Petite Ville. 165.

Les Droits-réunis. 179.

Portrait de Mr. Detaille. 187.

Réponse à M. Dauvin. 187.

Serment d'aimer. 191.

Couplets bachiques. 192.

FIN DE LA TABLE.

www.ingramcontent.com/pod-product-compliance
Lightning Source LLC
Chambersburg PA
CBHW061436030726

47503CB00005B/1433